—— 少年人文美文系列 ——

万物有灵且美

亲近自然卷

徐　鲁　著

中原出版传媒集团
中原传媒股份公司

大象出版社
·郑州·

图书在版编目(CIP)数据

万物有灵且美 ：亲近自然卷 / 徐鲁著. — 郑州 ：
大象出版社，2023. 5
(少年人文美文系列)
ISBN 978-7-5711-1753-5

Ⅰ. ①万… Ⅱ. ①徐… Ⅲ. ①散文集-中国-当代
Ⅳ. ①I267

中国国家版本馆 CIP 数据核字(2023)第 071666 号

少年人文美文系列
万物有灵且美 亲近自然卷
WANWU YOULING QIE MEI QINJIN ZIRAN JUAN
徐 鲁 著

出 版 人 汪林中
策划编辑 张桂枝 孟建华
项目统筹 司 雯
责任编辑 司 雯 丁子涵
责任校对 李婧慧 陶媛媛
装帧设计 王莉娟

出版发行 大象出版社(郑州市郑东新区祥盛街 27 号 邮政编码 450016)
发行科 0371-63863551 总编室 0371-65597936
网 址 www.daxiang.cn
印 刷 河南瑞之光印刷股份有限公司
经 销 各地新华书店经销
开 本 890 mm×1240 mm 1/32
印 张 8.25
字 数 137 千字
版 次 2023 年 5 月第 1 版 2023 年 5 月第 1 次印刷
定 价 30.00 元
若发现印、装质量问题，影响阅读，请与承印厂联系调换。
印厂地址 武陟县产业集聚区东区(詹店镇)泰安路与昌平路交叉口
邮政编码 454950 电话 0371-63956290

目 录

Contents

大自然是一本最美的书（代序）

——致少年的你

大自然是一本最美的书。我们可以这样想象一下：每天，当黎明到来的时候，小溪流奏响动听的乐曲；江河瀑布轰然而下；风儿踩过森林绿色的树梢，就像纤细的手指拨动悦耳的风琴……画眉、锦鸡、杜鹃、啄木鸟、蜂鸟和快乐的小麻雀，还有许多我们叫不出名字的小鸟，都在森林里开始了盛大的歌咏比赛，歌声响彻了整座森林。所有的小动物和植物，同在早晨醒来，亲密得就像一家人——小鹿在清亮的溪边饮水；松鼠在晨光里打开“房门”；啄木鸟在大树上向大家问早安……这是一幅多么美好的画面啊！

美国鸟类学家、散文家约翰·巴勒斯，这样劝告家长和孩子们：“你们不要去博物馆里寻找自然。请让爸爸妈妈带着你们去公园或海滩，看看麻雀在你们的头顶上飞旋，听听海鸥的叫声，跟着松鼠到它那老橡树的小巢中看看。当自然被移动了两次之后，便毫无价值了。只有你能伸手摸得到的大自然，才是真正的大自然。”

绿色的大自然，是人类和动物共同的家园，让我们像爱护自己的亲人和生命一样去爱护它吧。大自然是一首美妙的乐曲，每一个热爱大自然的孩子，都是这首乐曲里的一个小小的、金色的音符。

于是我想到，为什么不用自己的笔，也来写一写我心中的大自然呢？例如，平常我们能看见哪些乡间小鸟？它们都是怎样生活、怎样筑巢、怎样繁衍后代的？为什么小鸟们都害怕靠近人类？……这本小书里的“乡间鸟雀”一辑，写的全是我所观察到的小鸟们的生活秘密。当然，也有一些知识是从书本上得来的。鸟雀们带给了我们无限的快乐。这是大自然对我们的恩赐，是大自然送给我们的“免费的午餐”，我们每一个人，都应该怀着感恩的心，去爱护和尊重大自然，去探索和认识那些花花草草、鸟兽鱼虫。走近大自然，去和大自然做一些“亲密接触”，在大自然温暖的怀抱里快乐地散步吧。

有两句话，对我启发很大，也引发了我书写大自然题材的散文和故事的热情。一句话是美国的一位儿童文学作家约翰·格林说的：家庭和学校，对小孩子都有一些限制，只有大自然，才是一本最美丽、最轻松的书。我十分认同这个观点。

另一句话是瑞士儿童文学作家约翰娜·斯皮利在她的小说名著《海蒂》里写到的。小海蒂跟着她的爷爷住在阿尔卑斯山上的小木屋里。她的爷爷勤劳善良，却又有些古怪和固执，当山下的人们劝他把小海蒂送去上学时，他却固执地说："不！我可不想送她去上学。"因为这位老人有一个朴素的"教育观"："小海蒂是和阿尔卑斯山上的小羊、小鸟、小虫子一起长大的，与它们相伴是一件幸福的事，况且小羊、小鸟和小虫子是不会教她做坏事儿的。"

是的，小羊、小鸟和小虫子们是不会教孩子们干坏事的。这句话留给我的印象太深了。花开、鸟啾、虫鸣，万物有灵且美。能够拥有一个"绿色童年"，能够享受到一个有虫声、鸟鸣、哪怕是鸡啼相伴的童年，对今天的孩子来说，无疑是珍贵和幸福的。这就是我写这本书最初的想法。

很多年以前，我写过这样一首小诗《别碰我们的绿树》：

你用斧头和锯子砍倒的，
不是一棵棵未成熟的树木。
你是在砍伐着全人类的肺叶，
和地球上所有小动物们的幸福。
你是在砍伐世界上所有孩子的梦，

和风雨中小鸟们的房屋……

绿色，绿色，是我们这个世界最美丽的颜色。绿色的大森林里，有我们碧绿的生命之水，它是我们人类的摇篮，它是我们这个美丽的星球的盛装。那么，从小养成热爱大自然的好习惯吧，从小就学会去爱护每一株绿色的草木，就像热爱我们自己的生命一样；学会去爱护我们的森林，就像保护我们每个人的肺叶一样。

我国近代学者马一浮老先生，在一首古体诗中写过这样的句子："已识乾坤大，犹怜草木青。"我觉得，这两句诗里也蕴含着"天人合一"和"生态保护意识"。

给每一只小鹿，一片幽深的森林；给每一只小鸟，一座绿色的"楼房"；给每一棵小树，一方纯净的天空；给每一簇小花，一块湿润的土壤。只有这时候，我们才能真正与大自然相亲相爱，即使是生活在高楼林立的城市，也像是亲密地依偎在大森林的身旁。美丽的树荫和草香，也会在我们身边的每一个地方，轻轻摇荡。即使是一块小小的绿草地，也会飘来一阵阵清新和芬芳的气息，把我的肺洗涤得干干净净，无比健康；让我们每一天都迎着阳光，去舒展开自己的双臂，去释放出全部的热情、智慧和力量，去快乐地学习和工作，去挚爱宝贵的生命和平安的生活，去把我们的国家和这个世界建设得更加强大、富足和绚丽多彩。

在这里，我给少年朋友们讲一位种树的老爷爷的故事。故事的主人公名叫杨善洲，被当地的孩子们亲切地称为“捡果核的老爷爷”。杨爷爷是云南省保山市施甸县人。他12岁就开始拜师学艺当小石匠，长大后成了一名国家干部。

“大亮山，大亮山，半年雨水半年霜，前面烤着栗柴火，后面下着马牙霜。”这是千百年来流传在大亮山的一首民谣，说明这里的气候，一年里有大半时间处在严寒霜冻的状态，所以，很多土地都成了不毛之地。

1988年6月，杨爷爷从云南省保山地委书记岗位上退休后，主动放弃了进省城安享晚年的机会，卷起铺盖，扛起铁锹，回到了家乡大亮山，带领乡亲们开始了在大亮山上种树的事业。

刚开始时，他用树枝搭起简单的窝棚，作为临时住所。可是，不到半年，窝棚不断遭到风吹雨打后，很快就倒塌了。但他没有气馁。他带领大家一边种树，一边建房，拿出舍不得花的退休金，在山坡上修建起40间油毛毡房。山里风大，雨水多，空气潮湿，可杨爷爷带着大家在油毛毡房里一住就是九年多,再艰苦的日子也没有把他绿化荒山的意志消磨掉。

有一次，他发现，每年五六月份，保山都会举办传统的端阳花市，这时候很多逛花市的人，一边游玩，一边会丢弃很多果核。杨爷爷捡到这些果核，如获至宝，就经常到花市捡果核。实在捡不完了，就发动乡亲们去帮着他捡。

一粒粒小小的果核种下了。经过杨爷爷他们辛勤地浇灌和管理,一年之后,埋下的果核都变成了一棵棵幼嫩的小树苗。又过了几年,矮矮的小树苗,渐渐长成一棵棵枝繁叶茂的果树。所以在保山，很多孩子都把杨爷爷称为“捡果核的老爷爷”。

2009 年 4 月，杨善洲爷爷把自己一棵树、一棵树种植起来的，价值高达 3 亿多元的大亮山林场的管理权，无偿地移交给了国家。他说：“这笔财富从一开始就是国家和群众的，我只是代表他们在植树造林。实在干不动了，就‘物归原主’了。”

2010 年 7 月，杨爷爷最后一次登上了大亮山。这时候他已经病得很厉害了，每走几步就要停下来歇一歇。依依不舍地望着自己种下的绿树，杨爷爷笑得很开心。他喃喃地叮嘱林场的人说：“我以后恐怕再也来不了这里了，你们要记住，‘绿水青山就是金山银山’，要让一代代人尝到‘金山银山’的甜头哪！”

2010 年 10 月 10 日，83 岁的杨爷爷告别了人世，告别了他亲手种植起来的那片一眼望不到边的绿洲。为了感念杨善洲爷爷对家乡、对国家的贡献，人们把大亮山林场更名为“善洲林场”。这位“捡果核的老爷爷”的故事，不仅会在他的家乡，也会在全中国的每一个地方传颂着，感动着一代代中国人。

亲爱的少年朋友们，我们每一个人不是都在盼望和期待着我们未来的生活环境会变得更加美好吗？那么，就让我们从小也像杨爷爷一样，去细心爱护我们的家园，用我们一点一滴的力量，去多栽植、多保护几簇绿色的小草、几棵青翠的小树。只有这样，我们的村庄、城市，甚至我们整个地球，才会变得更加翠绿、更加美丽。这，也是我写作这本书给你们讲述大地上的草木故事的目的。

万物有灵且美。很久很久以前，人类或许对动物和植物们这样承诺过：世界是我们的，也是你们的。但是，随着人类肆意妄为对生态环境的破坏，对动物和植物们生存空间的挤压与霸占，或许，无言的动物和植物们也在默默地忠告人类：当世界不再是我们的，归根结底，也不会是你们的！

最后，我把一首短诗《当你发现了一个鸟巢》，献给热爱大自然的读者朋友们：

知更鸟醒来，我们也醒来；
啄木鸟睡下，我们也睡下。

白额雁在千里之外，
还记得自己的营地；
小野鸭和牛背鹭的乐园，
只需要一条浅浅的河汊。
当你面对一只无助的小鸟，
请试一试，让你手中的弹弓，
变成小树一样的枝杈；
当你发现了一个小小的鸟巢，
请试一试，像守护一个秘密一样，
牢牢地守护住它。
像温暖的雪，守护小草们的梦。
像高大的树，守护小鸟们的家。

徐鲁

乡间鸟雀

湖上黎明

＊

当它们睁开眼睛醒过来的时候，生命的新一轮欢舞才又开始。

黎明时分的湖水真是安静。每天早晨天还没亮，我就早早地爬了起来，披戴着尚未隐退的晨星的微光，坐在黑黢黢的湖边了。我想独自享受这短暂的安宁与寂静。

听不见任何动静。除了水边的一丝矮菖蒲底下，有一只小小的水蜘蛛在轻轻划动。它的细腿在寂静的水面上漾出一圈圈若有若无的波纹。黄昏时我曾聆听过的那些草丛间的鞘翅类虫子的欢快的吟唱，现在也都已停歇了。它们已在大地妈妈的怀抱里沉入梦乡。只有当它们睁开眼睛醒过来的时候，生命的新一轮欢舞才又开始。其实，在仁慈而宽厚的大地妈妈的心中，我们和这些小小的虫子没有什么两样。

不知不觉地，湖面上有了一点点亮色。那是薄薄的曙色，暗金的色调里隐藏着一抹淡淡的玫瑰红色。我知道，新一天的太阳，我们共同的华灯，正在群山之后冉冉升起。

这时候，我睁大眼睛望向大约一百米远的一处凹陷的湖岸。那里有我昨天黄昏时的一个发现：一只漂亮的、孤单的小野凫，栖息在那片茂密的草丛里。我本来可以悄悄走近那里，以便观察得更仔细些，但我又实在怕惊扰了这个与世无争的小生命，所以只好远远地坐在这里观察着。其实我是在等待着它醒来。

果然，不一会儿，那里有了一丝响动，好像是小小的翅膀扑打着草丛的声音。毫无疑问，小野凫睡醒了。

它低低地飞出了草丛，贴着湖面，仿佛小孩子贴着水面扔出的一块小石片，溅起一串串美丽的水花。然后它栖落在湖水中央，机警地向四周观望着。突然，它看到了我这个“不速之客”，所以显得有点儿惊奇。但它并不慌张，大约一下子就认定我是一株没有什么攻击性的“老树桩”吧。它旋即自由自在地在那里转动着身子，仿佛一个陀螺，在那里摆动着，一边整理着它的羽毛，一边跳着它那姿态优美的水上芭蕾舞。

这时候，我觉得整个湖只是属于我们这两个生命——不，再加上那只小小的水蜘蛛，三个生命的。我们和平共处，互不打扰，也许，应该说是在彼此欣赏呢！

当小野凫在寂静的水中央做完了它的早操，天已大亮了。湖面上已经铺上了一层暗金色和完全的玫瑰红色。紧接着，湖的四周开始有各种各样的声音传过来。晨星隐退了，太阳正在升起，新的一天来临了。

随着一些银亮的小鱼的跳跃，小野凫也忽然振翅飞起，离开湖面，像箭一样直射远处。它每天是飞到哪里去度过一个喧闹的白昼呢？世界的确是越来越喧闹了，但这个湖上却有安静的一角供一些小小的与世无争的生命栖息和生存。我知道，无论飞得多远，这只小野凫都会准时在黄昏时分飞回湖岸边的草丛里——像黄昏时的树影，拖得再长也离不开树根；像一个孩子，走得再远也走不出妈妈的心。

小野凫振翅远去了，我也不能再在湖边枯坐了。早安，大地！新的一天到来了，我也得开始我的工作了。当我从湖边站起的那一瞬，我想起散文家梭罗在瓦尔登湖边的感叹：

“一条鱼跳跃起来，一个虫子掉落到湖上，都这样用圆涡，用美丽的线条来表达，仿佛那是泉源中的经常的喷涌，它的生命的轻柔地搏动，它的胸膛的呼吸起伏。那是快乐的震抖，还是痛苦的战栗，都无从分辨。湖的现象是何等的和平啊！人类的工作又像在春天里一样地发光了……每一支划桨的或每一只虫子的动作都能发出一道闪光来，而一声桨响，又能引出何等的甜蜜的回音来啊！”

斑鸠和小麻雀

*

世界是我们的，也是它们的。

斑鸠的羽毛是灰色和灰褐色的，头顶上的一小片羽毛是葡萄酒色的，看上去十分漂亮。有些斑鸠的后颈上还散落着一些花点点，就像戴着珍珠项链一样。这种斑鸠叫“珠颈斑鸠”。

斑鸠喜欢成群结队地在田野里找谷粒吃，有时候也躲在树丛里鸣叫。农人们说：“天将雨，鸠唤妇。”意思是说，到了阴雨的天气或者快要下雨的时候，斑鸠就会急切地呼唤它的“媳妇”了。

斑鸠叫起来的声音是：

“鹁咕咕，鹁咕咕……”

“鹁咕咕，鹁咕咕……”

听上去叫得好急切呀！有经验的农人一听到这样的叫声，就知道快要下雨了，应该赶紧去收拾禾场上的东西了。

天快晴了的时候，小斑鸠也喜欢叫唤。不过，这时候声音有了变化，变得懒散了：

“鹁咕咕——咕！”

“鹁咕咕——咕！”

斑鸠叫唤的时候，一般都藏在大树丛里。有鸠声的地方，肯定有雨。不过可要分清，斑鸠是“单声”叫雨，“双声”叫晴哦。

斑鸠是很机警的。以前有些猎人不懂得环境保护，喜欢用弹弓或气枪打斑鸠。你知道那些狡猾的猎人是怎样打斑鸠的吗？当一个猎人看见了一只斑鸠，他就会不声不响地靠近它。斑鸠发现了猎人，当然要想办法逃脱，于是就飞到远处的一棵树上。猎人仍然不声不响地往远处走去。当猎人快要靠近时，斑鸠连忙又飞回原来站立的树上。猎人看见斑鸠落定了，又不声不响地向它走去……

这是一场默默无声的、非常紧张的较量！斑鸠来回飞，猎人就来回走动。几个来回之后，猎人仍然很冷静、很沉着，可是斑鸠已经渐渐失去了原本来回飞动的节奏，有些慌乱了。猎人趁它慌乱的时候，举起枪，瞄准……枪声一响，斑鸠就被打下来了。

多坏的猎人啊！我希望这样的猎人越少越好。假如斑鸠能听懂我的话，我一定还要告诉它们：无论如何，你们都不要上那些狡猾的猎人的当啊！

“叽叽喳喳……叽叽喳喳……”小麻雀每天都生活在我们周围。它们经常在路边、谷场、院子里，甚至在明亮的窗户边上，欢快地吵闹着，自由地蹦蹦跳跳着。它们总是生活在人类身边，但是又和人类保持着一定的距离。这是因为，我们人类在很长的时间内，对这些可爱的小鸟并不那么友好，所以小麻雀对人类总是保持着高度的警惕。

大雪落了好几天了，地面都被厚厚的白雪覆盖着。这时候，如果你在院子里扫出一块干净的地方，再撒上一些米粒，不一会儿，就会有一群小麻雀叽叽喳喳地鸣叫着栖落下来。

小麻雀是我们一年四季都能见到的小鸟。城市、乡村，南方、北方，平原、山区……到处都有小麻雀的踪迹。它们的身子很小，麻褐色的背羽上，有一些黑色的条纹，腹部是灰白色的，嘴巴很短。

小麻雀是勤快的小鸟，它们喜欢成群结队地飞来飞去，小嘴儿也从不挑食，草籽儿、谷粒、昆虫、浆果，都是它们的食物。麻雀虽然有时会偷食成熟的谷子，但也能捕食田里的害虫，啄食田里杂草的种子，对农作物的收成起到平衡作用。

小麻雀也喜欢生活在城市里。不过城市里的麻雀有时会遭到捕杀。所以，我们应该好好保护这些快乐的、生活在我们身边的小鸟。要知道，世界是我们的，也是它们的。假如有一天，世界不再属于小麻雀、斑鸠和其他小鸟们了，那么，这个世界也不属于我们。

菜园里的陌生来客

*

戴胜鸟头上的羽冠，就像古代的“胜”一样漂亮。

“看，两只啄木鸟！好漂亮的啄木鸟呀！”

记得小时候，有一天早晨，我跟着爷爷去菜园里摘菜，突然看到了两个陌生的“来客”，我以为是啄木鸟，就高兴得大叫起来。

可是，爷爷笑着告诉我说：“那可不是啄木鸟，那是‘臭姑姑’，就是戴胜鸟。”

“臭姑姑？戴胜鸟？好奇怪的名字呀！长得跟啄木鸟一个样。”

这是我第一次看到漂亮的戴胜鸟。

长大后才慢慢弄清楚了，戴胜鸟的样子虽然和啄木鸟有点儿像，它们却是两种完全不同种类的鸟。很多人也常把戴胜鸟误当成啄木鸟。

其实，啄木鸟的羽毛没有戴胜鸟这样漂亮，也没有戴胜鸟这么细长的嘴。还有，啄木鸟一般都在树林里和树干上生活、觅食，戴胜鸟却常常到草地上、菜园里寻找食物。

戴胜鸟的外形也很好认：它的头上长着一小撮羽冠，直竖起来的时候，就像一把小小的打开的折扇，特别是在阳光下，小小的“折扇”显得格外漂亮。戴胜鸟高声鸣叫的时候，小小的“折扇”还会应和着叫声一起一伏的。

那么，这种小鸟为什么会叫“戴胜”这个名字呢?

原来，“胜”是中国古代女性的一种头饰。《山海经》里，写到西王母这个神话人物的装束时，就有“蓬发戴胜”的描写。意思是说，西王母头上戴着“胜”这种装饰品。这也许就是“戴胜”二字最早的出处。戴胜鸟头上的羽冠，就像古代的“胜”一样漂亮，所以，人们就把这种小鸟叫“戴胜”。

在我的老家山东，还有其他一些地方，给戴胜鸟起了个外号，叫“臭姑姑”。这是为什么呢?

原来，戴胜鸟虽然看上去很漂亮，有美美的羽冠，有细长的小嘴，飞起来时还有一对花翅膀，用现在的话说，“颜值”很高。可是，它也有一个很不好的习惯，就是“不讲卫生”。

特别是到了繁殖季节，雌戴胜鸟在窝里孵蛋的时候，一动也不动，从来不出窝，吃喝拉撒，都在窝里解决了，所以，戴胜鸟的窝里总是脏脏的、臭臭的。再加上戴胜鸟鸣叫的声音总是“咕咕、咕咕”的，所以，农人们就叫它“臭姑姑”。

据说，雌戴胜鸟身上还能分泌出一种气味难闻的油脂，让鸟巢里臭气熏天。它也许是想用这种气味来对付外来的“侵略者”，保护自己的宝宝吧。

当然啦，雄戴胜鸟一点儿也不嫌弃自己“不讲卫生”的“太太”，它每天会外出觅食，用捉来的小虫喂养戴胜鸟“太太”和小宝宝们。

秋天里，草地上的草籽熟透了，戴胜鸟喜欢三三两两地栖落在草地上，不停地吃着草籽。草根下的蚯蚓、蟋蟀和其他的小昆虫，也是戴胜鸟最喜爱的“美食”。

戴胜鸟喜欢选择到草地上觅食，还有一个原因就是：草地上视野开阔，方便戴胜鸟一边觅食、一边观察情况。如果你仔细观察就会发现，戴胜鸟觅食的时候，总是“疑神疑鬼”、非常警惕的样子，低下头啄几下草籽，就抬起头来观察一会儿四周的动静，然后再低下头去啄草籽……戴胜鸟的警惕性太高了，一般人很难靠近它。稍微有点儿动静，它就“咕咕”地惊叫着，耸起小小的羽冠，好像发怒了一样，赶紧飞走了。

不过，戴胜鸟因为外形漂亮、性情机警和敏捷，再加上戴胜鸟夫妻之间“忠贞不渝”的习性，所以在我国，这种小鸟是祥和、美满和快乐的象征。古代的诗人，写过不少赞美戴胜鸟的诗歌；

画家们也喜欢把戴胜鸟画进花鸟画里。例如唐代诗人贾岛，就写过一首《题戴胜》："星点花冠道士衣，紫阳宫女化身飞。能传上界春消息，若到蓬山莫放归。"元代诗人僧守仁也写过一首《戴胜》："青林暖雨饱桑虫，胜雨离披湿翠红。亦有春思禁不得，舜花枝上诉春风。"

柳叶莺飞来了

*

小小的柳叶莺，就像在早春时节里跳动的绿色音符……

春风轻轻吹来，天气渐渐变暖，柳条儿悄悄吐出小小芽苞儿的时候，柳叶莺就像小小的绿色音符，快乐地跳动在柳枝间了。

它们的体形是那么娇小，小得就像一个个柳叶的小影子，如果不仔细观察，你也许根本就看不到它们；它们啼叫的声音也是轻轻的、细细的，如果不侧耳谛听，你也许根本就听不到它们啾啾的声音。但是它们是报春的小鸟，好像在用低低的声音告诉我们说：春天来了……

小时候我听家乡的老人叫它们“柳芽儿”或“柳叶蛋子”，意思是说它们像刚刚萌发出来的柳芽儿一样娇小。有的书上也称它们柳叶鸟、柳叶莺，是黄莺类的一种。

柳叶莺的体形比小麻雀还小呢！看上去真像是一片轻盈的柳叶。当它们停在柳条上时，一小片柳叶就能遮住和庇护它们。它们的羽毛也是翠绿色的，和柳叶的颜色一样。它们喜欢不停地追逐、跳动，啾啾的声音让人感到了一种自由和快乐。

小时候，我还看到过柳叶莺的小巢。柳叶莺的小嘴十分灵巧，它能用马尾或柳枝之类的东西，把自己的小巢吊在树枝上，再把附近的一些柳枝和柳叶聚拢到一起，筑成一个小小的、像吊篮一样的小巢。小巢有一个拳头那么大，看上去十分隐蔽和安全，如果不仔细观察，你可能会以为那只是一小团枯叶之类的东西呢。柳叶莺就在这个小小的吊篮里，养育自己的宝宝。

我没有看见过柳叶莺的蛋。我想，那一定也是小小的，顶多会像一粒花生米那么大吧？

小时候不懂得保护自然环境，我和小伙伴们也用弹弓打过柳叶莺，现在想起来真是愧悔啊！小小的柳叶莺，就像在早春时节里跳动的绿色音符，向人类报告着春天的消息，我们每个人都应该尽力保护它们，不让它们受到任何伤害才对呢。

果园里的小鸟

*

当满园的白色苹果花盛开的时候，你在果园里散步，还会看到蜂鸟。

我在秋天的苹果园里散步时，看见了一些小鸟在苹果树之间飞来飞去，非常勤快。我以为这是一些小麻雀，可是，一位果农老伯伯告诉我说：“它们可不是小麻雀，它们的名字叫得也响亮，叫‘大山雀’。”

老伯伯还告诉我，大山雀其实并不大，个头比麻雀还要小。大山雀跳跃、飞动的动作灵巧轻盈，最喜欢飞到秋天的果园里寻觅食物。它们还喜欢在苹果树嫩枝上跳跃，因为嫩枝上的小昆虫最多。大山雀捕捉果园害虫的动作非常灵巧，一只大山雀一天内捕食的小昆虫，可以超过它自身的体重。所以，果农老伯伯欣喜地说：“大山雀是我们的‘果园小卫士’！”大山雀还有个名字叫“白脸山雀”，因为它们面颊上的羽毛是白色的。

那天，果农老伯伯还教我认识了一种“灰喜鹊”。这种小鸟的个头比一般的喜鹊要小一点儿，羽毛大都是灰色的，尾巴很长，但看上去没有一般的喜鹊那么好看。老伯伯说，有些地方还叫它们“沙和尚”，因为它们通体的颜色看上去就像庙里和尚们穿的灰色僧袍一样。不过，灰喜鹊可是果园里常见的“留鸟”，即使冬天来了也不肯飞走呢。

老伯伯告诉我，灰喜鹊喜欢聚集在果园附近的松树林里，因为它们最喜欢吃松毛虫，一只灰喜鹊一年可以消灭上万条松毛虫呢。所以，林区工人知道了灰喜鹊的这个特点，就对它们做了专门的饲养驯化，目的也是想把它们留在森林里，让它们大显身手。

经过驯化的灰喜鹊，可以听从驯鸟员的哨声，飞去又飞回。更有趣的是，它们还能吸引来大山雀、杜鹃、戴胜等鸟类，一起来“围剿”松毛虫。老伯伯说：“你也许还不知道，我们这里都把灰喜鹊称为‘森林警长’呢！”

如果是在春天里，当满园的白色苹果花盛开的时候，你在果园里散步，还会看到蜂鸟。蜂鸟是世界上最小的鸟，它的身体比大野蜂大不了多少。它产的鸟蛋就像一粒白豌豆那么大。蜂鸟飞动的时候，翅膀扇动得特别快，发出像陀螺旋转一样的嗡嗡声，也像蜜蜂振翅的声音。蜂鸟就是因此被称为“蜂鸟”的吧。

蜂鸟喜欢吸吮苹果花甜甜的花汁。它采饮花汁的时候，扇动着小小的翅膀，好像静止不动地停留在空中，又长又尖的小嘴深深地插入苹果花蕊中，好像在用麦秆吸管从玻璃杯里吸饮可口的饮料一样。蜂鸟的小巢就像一个小小的杯子挂在树枝上，一般人很难发现它。

大雁飞到哪里去了

*

雁阵啊美丽的雁阵，高高地飞吧！

刚上小学的女儿坐在院子里的葡萄架下，大声地、一遍遍地朗读课文："……天气凉了，树叶黄了。一群大雁往南飞，一会儿排成个'人'字，一会儿排成个'一'字。……"

听着，听着，我忽然感到一阵激动。我思念起大雁，思念起在秋天的田野上空见过的雁阵来了。

每年秋天，大雁都要成群结队地、嘎嘎地叫着，朝南方飞去——它们要飞到温暖的南方去，在那里度过整整一个冬天。等到寒冷的冬天过去了，它们再飞回到北方来。北方是大雁的主要繁殖地。大雁喜欢栖息在沼泽地和芦苇丛里，那里是它们的宿营地。

夜深了，飞行了一整天的雁群，静静地栖落在河滩的芦苇丛里休息，人们称它们是"歇脚雁"。因为第二天一早，它们又会飞走的。

宿营时，会有一只或几只机灵的大雁在高处游荡着，为整个大雁群“站岗放哨”。这几只担任“警戒任务”的大雁，被称为“哨雁”。一有动静，哨雁就会“嘎嘎嘎”地发出警报声，雁群立刻就会惊醒，迅速起飞。

休息了一夜，天一转亮，大雁群又由头雁领航，幼雁跟随在后面，再由老雁压阵，继续它们漫长的飞行旅程。

从北方飞到南方，要经过一两个月的长途飞行呢！大雁迁飞时，总是由一只有经验的老雁在前面引导，其他的雁紧紧跟随在后面。飞行时，它们会排成整齐的队伍，常常排列成“人”字形或“一”字形。

为什么雁群在飞行时总是排成“人”字形或“一”字形呢？

原来，大雁要飞行的路很远很远，为了减少体力的消耗，它们学会了利用上升的气流，在天空滑翔，尽量减少扇动翅膀的次数。当前面的大雁的翅膀在空中划过时，翅尖上会产生一股小小的气流，后面的大雁就是为了利用这股气流节省体力，才一只跟着一只地飞翔的。

雁群，是一个团结互助的群体。自然，它们也有互相猜疑和不信任的时候。我也曾听过这样的事情：哨雁在放夜哨时，总是处在高度紧张和机警的状态，稍有一点儿什么动静，就会紧张得嘎嘎大叫，向同伴发出紧急警报。

大雁的这种习性，被那些经常偷猎大雁的猎人掌握了，他们就想出了一个特别坏的主意：一旦发现了雁群的宿营地，他们便偷偷地潜伏在那里，到了后半夜，会故意弄出一点儿动静，惹得哨雁嘎嘎报警，但是猎人却并不出击。

这样一连几次，雁群就对本来是非常负责的哨雁失去信任了，大概认为哨雁是在无事生非“逗你玩儿”，影响了整个雁群夜晚的休息。于是，它们就“群起而攻之”，一起啄咬“谎报军情”的哨雁，直到把它啄咬得鲜血淋漓，作为对它的惩罚。

因为有了这样的不信任和自相争斗，整个雁群都得不到很好的休整，所以到了黎明时分，大雁们都没精打采的，再也飞不高了。这时候，狡猾的偷猎者就会躲藏在芦苇丛里，狞笑着向它们举起乌黑的猎枪……

听了这个故事，我既对那些残忍、狡猾的偷猎者恨之入骨，也为那些忠诚的哨雁感到委屈和不平。要是它们会说话，能够为自己辩解一下，该有多好啊！同时，我也多么想告诉一向以团结、友爱闻名的大雁们：拜托你们一定要齐心协力、互助互爱、互相信任啊！无论在什么情况下，都不要上那些偷猎者的当，更不要轻易地误解自己的好朋友！

我还听说过另一个关于大雁的伤心的故事：

秋天里，大雁南飞的时候，有一户农家捡到了一只翅膀受了伤的大雁。他们把它养在温暖的屋子里，细心地给它养好了伤。一直到第二年春天来临，天气转暖的时候，他们又在屋檐下挂了个笼子，把大雁养在笼子里。

一天夜里，他们听见从天边传来的悠远的雁叫声，那是北归的大雁群正在飞过夜空。接着，屋檐下的那只孤雁也嘎嘎地叫了起来，声音里透着焦灼和急切，翅膀也不停地在扑打和扇动着，像是不断地在挣扎着。

农人以为，这只大雁可能是听见雁群的叫声，想回家了，就没有太在意它凄厉的叫声。可是，第二天清早出门一看，笼子里的大雁已经咽气了！而笼子外面还有一只大雁，也已经咽气了。奇怪的是，两只大雁的脖子紧紧地缠绕在了一起。

农人仔细看了看明白了，想必是笼子里的大雁拼命地想出来，而笼子外面前来“搭救”它的同伴，也在拼命地往外拉它。可是它们并不懂得，笼子永远地阻隔了它们。于是，谁也不肯松开，两只大雁都那么活活地给勒死了！

这个壮烈和悲惨的场景使我想到，大雁，是多么有情有义的生命啊！可是，尽管这样，我们对大雁的了解，又有多少呢？所以，听了这个故事之后，我对大雁怀有更多的敬意，也更加喜欢大雁了。

雁阵啊美丽的雁阵，高高地飞吧！无论你们飞到哪里，我都祝愿你们一路平安！

燕子的春天和秋天

＊

农人们说，春天是燕子们衔回来的。

“小燕子，穿花衣，年年春天来这里。我问燕子为啥来，燕子说：这里的春天最美丽……”每个小孩子，都会唱这首《小燕子》吧？

当杨柳披上了淡绿色的春装，小草露出了嫩嫩的小芽儿，温暖的春天又来到了我们身旁时，燕子们也成群结队地从遥远的南方飞回来了。燕子从南方飞回来的时候，“俺们的春天”就又到来了。所以农人们说，春天是燕子们衔回来的。

燕子穿着一身黑亮的衣裳，肚皮和胸脯是黄白色的，看上去好像围着一个白兜兜。它的尾巴分开来，就像一把尖尖的剪刀。

燕子是人类的朋友。它们专门捕食蚊子、飞蛾、蝗虫，从早到晚忙碌不停。鸟类学家观察，一窝燕子在养育小宝宝期间，大约要吃掉几十万只小飞虫呢。难怪农人们都把燕子称为“庄稼地里的护士”。

燕子也是候鸟。秋风起了，天气凉了，燕子们就会迁移到温暖的南方去过冬。经过一个漫长的冬天，到第二年春天再飞回来。

孩子们总是舍不得燕子飞走的。小时候我唱过这样一首童谣：

燕儿姐，燕儿妹，
给你一床小花被。
冬天不要走，
就在俺家睡。

燕子们的记性非常好，无论它们迁飞多远，每年都能返回自己的旧居，找到自己熟悉的家门。尤其是那些老燕子，总喜欢继续使用去年筑好的旧巢。

燕子们迁飞时，大都喜欢在月明风清的夜晚里“行军”，飞得又高又快。白天它们就降落到地面上休整一下，寻觅些食物吃，晚上继续上路。因为它们的记性好，所以每年迁飞的路线也几乎不会改变。

燕子返回旧居后，要做的第一件事，就是重新“装修”自己的家。它们不停地从野外衔来湿泥、草茎和羽毛，拌上自己的唾液，在屋檐下或横梁上修补去年的旧巢。

在乡村里，人们常常把燕子来屋里筑巢看成是吉祥的兆头。小孩子们尤其喜欢燕子来自己家里的屋檐下筑巢。

燕子的巢筑得十分精巧，也很牢固，看上去就像一个小小的浅碗扣在墙壁上。有时候，调皮的小麻雀会飞来抢占燕子的窝巢。不过，遇到这种情景，燕子会邀集一大群伙伴，向小麻雀发起“保卫战”，直到把它们全部轰走。

窝巢做好了，燕子妈妈就开始蹲在巢里产蛋。燕子妈妈每年一般都要产下五六枚蛋。然后再用两周的时间，耐心地孵出燕宝宝来。

燕宝宝孵出后，燕子妈妈就要外出捕捉大量的小昆虫来喂养它们了。燕子妈妈从外面飞回来后，用嘴一个个地喂养着张着小小的黄嘴儿的燕宝宝。燕宝宝经过大约一个月的时间，就可以离开父母独立生活了。

它们先是在近处学着飞翔，学着捕捉昆虫，渐渐地，便可以独立地飞到河边或苇塘边觅食了。秋天一到，已经成长起来的小燕子，便和许许多多的小伙伴一起，也要向南方飞去了。第二年春天，当它们再飞回来时，它们也可以做爸爸妈妈，生儿育女了。

民间的农谚说：“燕子飞低，要披蓑衣”“燕子低飞蛇过道，不久大雨将来到”。原来，在下雨之前，空气中的水分增加了，一些小飞虫的翅膀沾上了湿气，飞不高了，所以，燕子也就只好贴着地面，低飞着捕捉着那些昆虫。智慧的农人们就是根据燕子的这种习性，准确地判断出了天气的晴雨变化。他们还亲切地称燕子是“优秀的天气预报员”呢。

过海的燕子

*

每一位水手都会献上他们的敬畏与感激的心。

你也许见过在村庄或田野上空低飞的燕子，见过在农家的屋檐下或房梁上做窝的燕子，见过在五线谱一样的电线上栖落的燕子。

可是，如果你没有当过水手，或者不曾在辽阔的海洋上远航过，也许就不会知道，小小的燕子们为了追寻温暖的春天，竟然能够成群结队地飞越茫茫的大海，从南方飞向北方……

小时候，在外婆的小村庄里，我听一位老船长讲起过“过海的燕子”，那真是一幅无声而悲壮的场景啊！

秋天了，一群群燕子结伴飞过茫茫大海，要从寒冷的北方飞到温暖的南方去。

因为路途遥远，它们飞得太疲倦了，所以，只要在中途遇见一条轮船时，便立刻会像雨点一般落到甲板上，嘴巴微微地张合着，翅膀也在轻轻地颤动着。

它们肯定只是为了稍微休整一下，整理一下自己的羽毛，然后好继续完成它们遥远的路程。

可以想象，它们有的将会找到那记忆中的绿色的群山、绿色的森林，还有自己熟悉的农舍、屋檐和窗户，而有的，却再也飞不起来了，就这样在甲板上停止了呼吸，静静地、永远地躺在了那里。

然而，世界上从来没有任何一个水手，即使是当年麦哲伦的船队在海上断炊的时候，也没有想到过要吃掉这些死在甲板上的燕子。

不，他们只会怀着崇敬和沉重的心情，默默地把这些“飘零的落叶”，从甲板上轻轻地扫到大海里去……

对于这些不幸死在飞行中途的燕子，每一位水手都会献上他们对生命的敬畏之心。水手们对待过海的燕子这个细节，深深地感动了我，直到今天也没有忘记。

受伤的小野鸭

*

野鸭是大家公认的“飞行小能手”……

在美丽的江汉平原上的洪湖边，我看见了一只受了伤的小野鸭。不知道是谁的子弹，打伤了这只小野鸭。可怜的小野鸭，离开了绿色的芦苇丛，就像孩童离开了亲爱的家。

我看见，它那黑葡萄般的小眼里，充满了忧伤和思念。它仰着头张望辽远的天空，好像正在倾听妈妈的呼唤……

野鸭，又叫水鸭。和我们常见的家养河鸭相比，小野鸭的体形小小的，还不到一支铅笔的长度。野鸭的羽毛大都是栗褐色的。雄性的野鸭很好认，从两侧的眼睛四周开始，一直到颈子两侧，分布着一条短短的绿色花纹，看上去就像一个“绿色的逗号”。雌性的野鸭也有一个明显的特征：两只翅膀上有着漂亮的翠绿色，而且体形更加小巧。

野鸭的种类很多，我国大约有十种野鸭。我们在湖上、池塘里、沼泽地里偶尔见到的野鸭，大都是“绿头鸭”。野鸭是受国家法律保护的野生鸟类，任何人都不应该去伤害可爱的小野鸭。野鸭中有一种珍稀的种类，叫“中华秋沙鸭”，它们是国家一级保护鸟类呢！

野鸭看上去非常机灵、带有野性，其实它们天生胆子很小，好像时刻都在警惕着人类或其他攻击性很强的动物。当它们觉得安全的时候，就会三三两两地在湖上、池塘里和芦苇丛边安静地游水、潜水，寻找小鱼、小虾、昆虫和甲壳类小动物当作食物，有时也吃些植物的种子和茎叶、水藻等。一旦发现有了什么危险，它们就会夸张地“嘎嘎嘎”地惊叫着，从水面上飞起来，很快就会飞到远远的地方去了。

野鸭是大家公认的“飞行小能手”，最高的飞行速度能达到时速 110 公里呢！野鸭家族有长途迁徙飞行的习性，小野鸭在夏天里出生两个月后，翅膀就长硬实了，飞羽也长齐了。野鸭爸爸和妈妈会带着它们不停地练习飞行，不仅练习从陆地上起飞，还要练习从水面上直接起飞。

当秋天到来的时候，野鸭家族就会换出新的飞羽，开始长途迁徙飞行了。迁徙的时候，野鸭会集结几百只、上千只的同类。它们要一起飞到更温暖的地方去，飞到长江以南的湖边和湿地地带，在那里度过寒冷的冬天。

再说那只受伤的小野鸭，它是在长途迁徙中掉了队呢，还是在练习飞行时，因为一时的调皮和大意，偷偷地溜出了爸爸妈妈的视线，结果被偷猎野鸭的猎人给打伤了呢？

小野鸭啊，孤独的小野鸭！请让我为你养好枪伤，再送你回到湖边。美丽的湖汊和芦苇丛，就是你的家乡，穿过这片沼泽地，你就会自由地飞翔到你想到达的地方，回到大自然妈妈的身旁。

“嘀哩嘀哩”小黄鹂

黄鹂鸟也像其他小鸟一样，总是在春天到来的时候开始筑巢……

唐代大诗人杜甫，写过两组描写黄鹂鸟的有名的诗句：“两个黄鹂鸣翠柳，一行白鹭上青天。”“映阶碧草自春色，隔叶黄鹂空好音。”从诗中我们可以知道，黄鹂喜欢在春天里唱歌。

黄鹂又叫黄莺，它的羽毛鲜黄鲜黄的，翅膀和尾巴带点儿黑色，头部有一道连着眼周的黑纹。黄鹂喜欢在春天的柳树丛中穿飞，从来不到地面活动。一到冬天，它们就会向南方飞去，飞到更温暖的地方去过冬。

黄鹂叫起来的声音是什么样的呢？

记得吗？有一首歌里这样唱道：“嘀哩……嘀哩……嘀哩哩……还有那唱歌的小黄鹂！”是的，这就是黄鹂的声音，清亮、婉转，动听极了。

黄鹂鸟也像其他小鸟一样，总是在春天到来的时候开始筑巢，而且年年都筑在同一棵树上。所以，如果你在树林里或公园里的树枝上，看见了一个黄鹂鸟的巢，那么明年春天，你仍然可以在同一个地方看见它。

黄鹂鸟的巢和别的小鸟的巢不一样，它不是用泥土、树枝和干草筑在牢固的树杈上，而是做成一个长长的小“口袋”，倒悬在树枝上。雌黄鹂用嘴衔着一根很长的树枝，像穿针引线的巧妇，编织成一个长袋似的小巢。大约需要一星期的时间，这个奇异的鸟巢就编织好了。黄鹂鸟钻进袋形巢里摇一摇，觉得比较牢固了，就算大功告成。接着，它在巢底铺上柔软的地衣和碎草，开始生蛋和孵化黄鹂宝宝了……

小黄鹂孵出来后，很快就会跟着妈妈学习唱歌和飞翔。自然，它们的歌声也和妈妈的歌声一样清亮、婉转：“嘀哩……嘀哩……嘀哩哩……”

“布谷！布谷！布谷！”

*

布谷鸟的歌声唤醒了寂静的群山，它们的歌声像露水一样清亮。

一到春播的时节，布谷鸟就在山岭间和田野上空不停地呼唤：“布谷！布谷！布谷！……”

声音听上去是那么地殷切。伴随着春天的脚步声，哪一片辽阔的山野上，听不见布谷鸟的歌唱？“布谷！布谷！布谷！……”它们的歌声唤醒了寂静的群山，它们的歌声像露水一样清亮。布谷鸟殷切的歌声，永远回荡在大地和农人的心上。

布谷鸟又叫杜鹃。传说杜鹃是古代蜀国一个姓杜的国王死后变成的。那位国王很爱他的家乡和百姓，每年早春，他就变成杜鹃鸟，在田野上空不停地啼唤，每次啼唤，口角里总有鲜血流出来，滴在大地上，把花朵都染红了。那些被染红的花朵，就是杜鹃花，又叫“映山红”。所以，“杜鹃”既是花名，又是鸟名。这当然只是民间传说。其实，杜鹃花和杜鹃鸟之间是没有什么联系的。

在鸟雀世界里，经常出现这样的事情：喜鹊妈妈在巢里孵了很长时间的蛋，小喜鹊终于破壳出世了。可是，喜鹊妈妈仔细一看，觉得非常奇怪——怎么自己的一群喜鹊宝宝里，还夹着两只小杜鹃宝宝呢？这是怎么一回事啊？

原来，杜鹃妈妈自己从不做窝也不孵蛋，总是把蛋下在别的鸟雀的巢里。让其他的鸟妈妈“代劳”。这不，喜鹊妈妈就“代劳”了好长的日子，不知不觉地为杜鹃妈妈孵出了两只小杜鹃。

杜鹃妈妈的这种依靠别的鸟类为自己孵蛋育儿的习性，叫作“寄生性繁殖”。世界上大约有一百三十多种鸟雀，都有机会当上小杜鹃的“养父母”呢。因此，杜鹃妈妈被人们看成是鸟类中“最不称职的妈妈”。

小杜鹃长大了，也学会“布谷！布谷！布谷……”地叫唤了。不用说，它们也成了农人眼中的“布谷鸟”。布谷鸟的叫声好像是从很遥远的地方传来的。每年春天许多人都会听到布谷鸟在远处的山野上歌唱，但也许一辈子也没有见过它们的身影。

乡间小鸟（一）

地气三春冷，天时半日晴。谁呼行不得，江上鹧鸪声。

“行不得也哥哥！”

三月里，茶山青青，竹林开始爆笋了。

这时候，青翠的茶山上和飘着淡淡白雾的竹林里，就会传来鹧鸪的叫声，声音听起来好像在说：“行不得也哥哥！行不得也哥哥！”

鹧鸪是一种可爱的小鸟。它们喜欢生活在丘陵地带和山地，近山的平原上也有它们的踪迹。鹧鸪总是出没在草丛、灌木丛、矮树林里，还有起伏不平的山坡上。

春天来了，鹧鸪喜欢站在较高的树丫或岩石上高声叫唤：

“行不得也哥哥！行不得也哥哥！……”

因为鹧鸪的叫声十分奇特，所以我国古代诗词里写到鹧鸪，总是把它和离别、乡思联在一起。比如南宋伟大的爱国词人辛弃疾，在他的《菩萨蛮·书江西造口壁》里就写道：

郁孤台下清江水，中间多少行人泪。西北望长安，可怜无数山。　　青山遮不住，毕竟东流去。江晚正愁余，山深闻鹧鸪。

最后两句的意思是说：傍晚我正站在江边发愁，是因为听到了鹧鸪鸟“行不得也哥哥”的叫声。

又如清代诗人陈璋在《闽山杂咏》中写道：

地气三春冷，天时半日晴。谁呼行不得，江上鹧鸪声。

鹧鸪的脚趾稳健有力，善于快速奔跑。但它的翅膀又短又圆，论飞行技术，实在是很不高明，简直就是一只“菜鸟”。平时它总是躲在山坡的草丛里，偶尔飞动起来，翅膀拍打着的声音很响，并且每飞行大约三百米就得滑落下来，一溜烟儿地急跑几步，然后钻入草丛里躲藏起来，看上去十分滑稽可笑。

鹧鸪爱吃草籽、植物嫩芽、谷类，也爱在草丛里寻找蟋蟀、蚱蜢等昆虫吃。小小的鹧鸪在寻找食物的时候，想不到自己也正有可能成为人类的食物呢。

不过，这对鹧鸪来说，实在是太残忍了！每一个热爱大自然的人，都应该自觉地保护鹧鸪这样可爱的小鸟，不要让它们受到伤害。

“滴水快！滴水快！”

“滴水快！滴水快！山里女子掐苦菜！”

在江南的乡村里，许多小孩都会唱这样一首童谣。这首童谣里唱的就是竹鸡这种小鸟。

竹鸡有点儿像鹧鸪，但体形比鹧鸪小，农人们又叫它竹鹧鸪、山菌子。竹鸡的样子看上去有点儿笨笨的、傻傻的，它们不喜欢去别处活动，就喜欢待在楠竹林里。早春的时候，早晨的竹林里还有点儿凉飕飕的，竹鸡一整天都在竹林里活动。秋天天凉了，竹鸡也会一只一只地横蹲在竹枝上排成一排，互相靠近取暖，看上去好像很傻，猎人也很容易捕捉到它们。

我国南方各地都有竹鸡。因为一度被捕杀得太多，现在竹鸡越来越少了。真希望人们别捕杀竹鸡，而让更多的孩子都能经常听到“滴水快！滴水快！”的叫声。听着这滴溜溜的叫声，你会爱上竹鸡的。

竹鸡喜欢吃草籽、果实和植物的嫩叶，也喜欢吃蚁类等昆虫。农村里有句谚语说：“家有竹鸡啼，白蚁化为泥。”这说明，竹鸡非常喜欢吃白蚁，是白蚁的克星。

在湘鄂赣一带的幕阜山区，乡亲们也把竹鸡称作“泥滑滑”。如果仔细听去，竹鸡的叫声真的像是一遍遍在喊着：“泥滑滑，泥滑滑……”

哦，傻傻的竹鸡哟，你们在说些什么呢？

乡间小鸟（二）

整个春天都能听到它们的歌声。

禾花雀

秋天，禾花雀成群结队地从北方飞到南方时，正是南方的水稻抽穗扬花的时节。禾花雀就常常栖落在稻田里啄食扬花灌浆的谷粒儿。因此，人们就把这种小鸟叫禾花雀。禾花雀看上去也有点儿像麻雀，只不过比麻雀的体形稍大点儿。它的胸脯上的羽毛是金黄色的，眼圈是黑色的，仿佛画了漂亮的眼影一样。

鹪鹩

鹪鹩，是生活在我国北方平原上的一种可爱的小鸟。我们一年四季都能听到它们的歌唱。它们的声音很响亮，也很婉转。鹪鹩的身体特别娇小，嘴巴长长的，非常小巧。最有趣的是，鹪鹩的尾巴能像旗杆一样向上翘起。鹪鹩喜欢在灌木丛里做窝，用苔藓做成的小窝就像一只小碗一样。雌鹪鹩春天和秋天都能生蛋。蛋是白色的，上面有许多小红点儿。

红胸鸲

红胸鸲从尖嘴下面一直到胸脯，都是红橙色的，看起来非常漂亮，就像穿着一个红橙色的小兜兜。红胸鸲在春天的灌木丛里做窝，主要食物是毛毛虫和小甲虫。天冷了，红胸鸲就离开它的窝，飞到温暖的南方去，第二年天暖了时，它们再成群结队地飞回来。

燕雀

每年二三月间，当我们听到燕雀啾啾的欢叫声时，春天就已经来到我们身边了。燕雀是一种报春的小鸟，它还有一个名字叫“花雀”。因为它的嘴是黑色的，尾羽也是黑色的，但胸脯是褐黄色的，肚子和尾羽下面的羽毛却又是白色的。有的燕雀的翅膀是绿金色的。燕雀主要吃昆虫和一些植物的籽。一到冬天，燕雀就飞走了，飞到温暖的地方去了。

金丝雀

金丝雀是善歌的“小歌手”。天刚蒙蒙亮，金丝雀就醒来了，开始在树林里唱歌。它们的歌声婉转清亮，从早晨一直可以唱到傍晚，整个春天都能听到它们的歌声。

金丝雀身子细长，性情温驯，是一种人人都喜欢的小鸟。金丝雀另一个名字叫“芙蓉鸟”。我国的金丝雀中有“山东种”和“扬州种”两个品种。山东种的金丝雀体格强健，羽毛清淡，叫声清脆，人们都喜欢饲养。

绣眼鸟

春暖花开的季节，当你走在街头，常常会看到一些上了年纪的老人手提一只鸟笼，里面是一只羽毛鲜绿的小鸟。它一边跳一边叫，声音清脆，又带颤音，仔细听来，好像在喊：“妻儿——妻儿——妻儿——”这种活泼可爱的小鸟，就是绣眼鸟。绣眼鸟是一种秀丽的小鸟。它们的眼圈是白色的，看上去好像绒绣的一样。

绣眼鸟很活泼。如果把它们养在笼子里，它可以一刻不停地边叫边跳，姿势优美，它会倒悬、侧挂，还可以用脚趾抓住栖架向后连续翻转，像体操运动员玩单杠一样。所以有人说，绣眼鸟是鸟中的单杠“冠军”。我国的南方和北方都有绣眼鸟，它们喜欢在春天里活动。天气凉了，绣眼鸟就开始向南方迁飞了。

乡间小鸟（三）

*

秋天里，如果你在南方的田野上散步，会看到正在唱歌的鹩哥。

短尾巴小鹌鹑

暖暖的春风吹过我们的麦田，青青的麦苗很快就返青、拔节了。麦苗长到脚脖子高的时候，我们就开始到田野上去剜野菜了。

小时候，我每次去麦田里剜野菜，最期待的就是能看到一些跑得飞快的野鹌鹑。如果运气好，有时候还能拾到一小窝野鹌鹑蛋。

鹌鹑是一种野生的小飞禽，样子看上去就像尾巴短短的小花鸡。野生的鹌鹑喜欢生活在山冈、田野和溪流边，有时候也生活在灌木丛和草丛里。春天或秋天的中午，阳光充足的时候，如果你从山坡的草径上经过，说不定就会突然惊起一些正在惬意地躺在小窝里晒太阳的小鹌鹑呢。

春夏时节，鹌鹑生活在北方，到了秋天，便结成一群群，向南方迁飞。以前，一到秋天，人们就到山坡上去猎捕野生鹌鹑。现在，鹌鹑已经可以大量人工饲养了，很少有人再去野外猎捕鹌鹑了。

鹌鹑蛋很小很小，薄薄的蛋壳上有许多黑色的小斑块。鹌鹑蛋的营养很丰富，可以作为宴席上的美味菜肴。

鹌鹑还可以“斗”。斗鹌鹑是过去乡村的小孩子们很喜欢玩的一种有趣的游戏，现在一般很少有人玩了。听说，把秋天里捕捉到的野生鹌鹑，天天用手“把玩”着，使它驯化，这叫“把鹌鹑”。鹌鹑“把”熟了，失去了野性，就可以参加“战斗”了。

把两只鹌鹑放在一个木圈里，用不着撩拨，它们就会激烈地争斗起来，直斗得羽毛纷落，其中有一只终于招架不住，落荒而逃，另一只便是“胜利者”。落荒而逃的，叫作“溜圈儿”，胜利的那只鹌鹑，会赢得一些小米。唉，可爱的小鹌鹑招谁惹谁了，真不知道人们为什么要这样折磨它们。

八哥和鹩哥

天空低沉着，

田野静静的，

好像要落雪。
我在田野上寻找着什么。

一位老人背着手，
也在田野上走来走去，
像我一样，
好像在寻找什么东西。

炊烟慢慢飘出小村庄，
小村庄也是静静的，
只有一只寂寞的小花狗，
在水塘边追着几只八哥。

这时候我才知道，
冬天，快乐都在村庄里。
这时候我才慢慢明白，
那老人是最爱土地的人。

这是我在少年时代写的一首小诗。我很高兴在诗中写到了可爱的八哥。八哥的样子有点儿像乌鸦，它们也喜欢和乌鸦混在一起生活。不过，八哥比乌鸦小巧、漂亮。八哥也是一身黑衣，额头上有一簇耸立的羽毛好像头巾一样。它的翅膀上横着两条白色花纹，飞动时，从下面看，好像一个“八”字。

八哥喜欢成群结队地栖息在大树上或农家的屋顶上，也常常栖落在水牛的背上。它们的窝一般都做在古庙、古塔的墙壁裂缝里或枯树洞中。八哥喜欢吃牛虻、蝼蛄、蝗虫等，是一种益鸟。八哥很容易驯养。经过训练的八哥能学说人话，还可以不用笼子自由地跟随着主人早出晚归。

还有一种口齿伶俐的小鸟，叫鹩哥。它们和八哥相像，但个子比八哥大一些。有人说，鹩哥是八哥的“表兄弟”。

鹩哥的歌声比八哥还要动听，是出色的“歌唱家”。它能发出多种有旋律的音调，无论是由低而粗的咯咯声，还是轻快婉转的吹哨声，鹩哥都能轻松地完成。经过训练的鹩哥也能学说人话，还可以模仿出杜鹃或鹧鸪的叫声呢。秋天里，如果你在南方的田野上散步，会看到正在唱歌的鹩哥。

小鸟乐园

香樟树集中的地方，就成了小鸟们的天堂和乐园。

哇，好大的一群小鸟！黑压压的一片，也许有几千上万只吧？它们在空中不断变换着方向和阵势，尽情地飞来飞去，真是壮观呢！

这是深秋时节。高大的香樟树上，结满了成熟的、紫黑色的小浆果。这些圆圆的果实成了黑椋鸟、灰色丝光椋鸟、鹊鸲、乌鸫、斑鸠和八哥们的“美食”。所以，一到秋天和冬天，香樟树集中的地方，就成了小鸟们的天堂和乐园。

香樟树成熟的小浆果，会吸引来大群大群的小鸟。如果你仔细观察就会发现，鸟群里最多的就是黑椋鸟和灰色丝光椋鸟。香樟树不仅给小鸟们提供了取之不尽的美食，更用自己茂密的枝叶，为小鸟们搭建了一个安全的聚会和游戏的场所。

黑椋鸟和灰色丝光椋鸟都是害虫的天敌。鸟类学家告诉我们，一对正在喂养鸟宝宝的黑椋鸟，每天要捕捉上千只害虫呢。

有时候，在植物园、公园或小树林里，我们会看到一些树上挂着人工制作的巢箱。这些巢箱多半就是为椋鸟前来安家准备的，因为它们可以帮助人们消灭害虫。

黑椋鸟和灰色丝光椋鸟喜欢“集体生活”，一起迁徙，一起觅食，也一起欢唱。有时候，成千上万只黑椋鸟、灰色丝光椋鸟聚集在香樟树的四周，叽叽喳喳地叫着，来回盘旋，简直有点儿遮天蔽日的规模了。人们很少看到孤零零的黑椋鸟和灰色丝光椋鸟，除非它们受了伤、掉了队。

香樟树是我们身边常见的树。当你从秋天的香樟树下走过，也许会有一些黑紫色浆果的果核“啪嗒啪嗒”地掉落在你头上和脚下。请不要大惊小怪，那也许正是几只“落单”的黑椋鸟和灰色丝光椋鸟，躲在树叶深处，吃着树上的小浆果呢！

鸳鸯妈妈的爱

*

在民间，人们也喜欢把鸳鸯看成是美好爱情、恩爱夫妻的象征。

鸳鸯是一种象征着吉祥的游禽，看上去十分美丽。在民间，人们也喜欢把鸳鸯看成是美好爱情、恩爱夫妻的象征。相传，鸳鸯的雄鸟为鸳，雌鸟是鸯，它们一旦结成夫妻，便成为终身伴侣，永不分离。如果其中一只不幸死了，另一只往往终身不再“嫁娶”，孤单地熬过剩下的日子。

所以，我国古代诗人曾用这样的诗句赞美鸳鸯的忠贞：

“南山一树桂，上有双鸳鸯。千年长交颈，欢爱不相忘。”

其实，这只是人们对鸳鸯的生活的一种想象，以及对美好爱情的一种希望。据鸟类学家们观察，鸳鸯只是在“恋爱期”才会成双成对、形影不离。“恋爱期”过后，雄鸳鸯就会转身离去，再也不管雌鸳鸯了，以后“生儿育女”的事，全部由雌鸳鸯来承担。

鸳鸯妈妈在趴窝孵蛋时是非常辛劳的，一般每天只能吃一次东西，其余时间都趴在窝里孵小宝宝。

鸳鸯宝宝出壳不久，就可以跟随妈妈在溪流边或河谷里活动了。野生的小鸳鸯一般都生活在山地的溪流、沼泽、湖泊、河谷和芦苇丛里，吃小鱼、蝌蚪、小蛙、昆虫、小虾等，也吃草籽、玉米和稻谷。

鸳鸯妈妈在养育小鸳鸯期间，警惕性很高。一旦遇到危险，立刻就会发出“嘎嘎嘎”的警报声。小宝宝们听见警报声，就会迅速分散，躲进草丛或树洞里。有时，鸳鸯妈妈为了保护自己的小宝宝，还会故意把敌人引开。等敌人走了，它再飞回来，把小宝宝召集到自己身边。多么伟大、无私的鸳鸯妈妈啊！

只可惜，野生的鸳鸯现在越来越少了。不过，在公园里或野外的湖汊里，我们还会看到少量的、成双成对的鸳鸯在水中游动。

雄鸳鸯和雌鸳鸯是很容易分辨的：雄鸳鸯的羽毛比雌鸳鸯的漂亮。雄鸳鸯有点儿像绿头鸭，雌鸳鸯有点儿像麻鸭。雄鸳鸯的个头也比雌鸳鸯大。

鸳鸯是一种候鸟。春天和夏天，它们在我国北方繁殖，一到秋凉时节，就会像大雁一样飞往南方，度过了长长的冬天后，第二年开春时再飞回来。

鸭子的“集体生活”

他只要打一声响亮的呼哨，鸭群就会络绎而来……

一群金黄色的小鸭子，
好像一片片金色的树叶，
漂在蓝蓝的小河上，
快活地唱着春天的歌。

放鸭子的小姐姐，
用斗笠支起个大帐篷，
躺在绿色的草地上，
好像正做着飞翔的梦……

这是我写过的一首《放鸭子》的诗。小时候，我也放过鸭子。有一年暑假里，我跟着村里的一位老人，我们都叫他“老哥哥”，在一片大洼地里放鸭子。

老哥哥放鸭子，有一套令人信服的本领。鸭子很喜欢“集体生活”。只要把鸭群赶进了大洼地的河汊里，群鸭就会互相追随着，寸步不离。归栏的时候，只要赶上一只或两只，其他鸭子也都会跟着而来。即使是在四通八达的河汊港口，也很少有鸭子离队独去的。

有时候，老哥哥根本不用亲自去赶鸭群。他只要打一声响亮的呼哨，鸭群就会络绎而来，或撒欢而去。老哥哥很怜惜和疼爱它们，不过，有时为了整个鸭群的安全，又不得不狠下心来，去整治和惩罚一下那些喜欢捣乱的鸭子。

有一段时间，我们放养的一百来只鸭子中，有一只大绿头、高嗓门的鸭子总是不听指挥，不是擅自离队，独自行动，就是偷偷带领三五只年幼无知的小鸭子，去啄吃刚刚返青的禾苗。

老哥哥不声不响地观察了几天，认定带头做坏事的总是那只大绿头鸭。一天，等鸭群吃饱了，徜徉在草滩上休息的时候，老哥哥捉出那只大绿头鸭，把它绑在一根长长的竹篙一端，先是高高地竖起来“示众”，然后又让我把它狠狠地伸进深水里，一会儿按下去，一会儿再挑起来……

大绿头鸭被惩罚得呱呱大叫，仿佛在求饶一般。其他鸭子也都是神色紧张的样子。大概这就叫“惩一儆百”吧。当然，老哥哥自己不忍心动手去惩罚它，甚至也不忍心看到这个场面，只是躲在一边默默地抽他的旱烟袋。

经过了这番惩治之后，我发现，那只大绿头鸭真的变得老实多了，不再去干那些“不法”的勾当了，甚至变得“沉默寡语”，很少抛头露面了。这时，我们又从心里怜惜起这只绿头鸭来了。我听见老哥哥自言自语地说：“人也有个离群的时候哪！肚子饿了，你能不让它吃吗？”有几次，我看见老哥哥把自己舍不得吃的干粮捏碎了，专门把绿头鸭赶到一边去喂它。

有天夜里，突然起了大风，大绿头鸭最先高声地叫唤“报警”。我们披着衣裳赶快跑进鸭棚时，豆粒大的雨点已经砸了下来。刹那间，电闪雷鸣，暴雨如注，四野里一片汪洋。等到我们把慌乱的、惊叫着的鸭群赶到高坡上清点时，却怎么也找不到那只大绿头鸭了。它是和几只小鸭一起被暴雨冲走了吗？

那一夜，老哥哥让我待在嘎嘎直叫的鸭群边，他自己提着马灯，沿着大洼地涨水的河汊，一直走到下游去寻找。夜色里，我听见老哥哥响亮的呼哨声，渐渐被风雨声盖住了。

找到后半夜还没找到，老哥哥垂头丧气地回来了。他的那领旧蓑衣也被大风吹走了，浑身淋得透湿。第二天，老哥哥心疼得一整天都没有吃东西，好像失散了一位亲人一样。

云雀的歌声

美丽的草原和高远的天空，才是云雀的世界。

春天来了，天空晴朗而寥廓。这时候，云雀会歌唱着凌空直上，歌声仿佛从高远的云层里传来。

云雀最喜欢在空旷的田野上和晴空里歌唱。当歌声停止，云雀又会像一支箭一样垂直下落，快要接近地面时，又凌空直上……所以，英国诗人雪莱在诗歌里赞咏云雀是一片“烈火的轻云”。

云雀又叫百灵鸟，有些地方还叫它“叫天子”。它的体形很像麻雀，但比麻雀大。在地上行走时，它常竖起小小的羽冠来，看上去很神气。

春天是云雀的繁殖季节。这时候，雄云雀常常以极为精彩的飞行表演来吸引异性，向雌云雀求爱。因为云雀天生一副动听的歌喉，所以人们常把它们饲养在鸟笼里作为观赏鸟。

在北方，有经验的养鸟人能分得清云雀的“口音”——是从张家口外面来的，还是来自张家口以南的？最会唱歌的云雀，大多来自张家口外面的内蒙古草原。

云雀不会在树枝上站立，因为它的脚趾不会蜷曲，抓不牢树枝，所以它只能在地面上生活。养云雀的鸟笼里通常有一个小平台，不过，小小的鸟笼，怎能锁住云雀飞翔的心？美丽的草原和高远的天空，才是云雀的世界。

那么，高高地飞吧，云雀，在五月的寥廓的天空里，你是欢乐的小精灵，是晴空的音乐家和自由的诗人；高高地飞吧，云雀，当天空布满乌云的时候，我希望你是一朵怒放的花，是一支带响的箭，是一道霹雳……

黑夜里的冒险家

*

蝙蝠、猫头鹰和夜鹰，都是黑夜里的“小精灵”。

小蝙蝠

夜幕悄悄降临了……

稀疏的树枝在夜风中不动声色地摇晃着，星星隐藏在乌云背后，眨着冷冷的眼睛，静静地观察着渐渐沉寂下来的黑夜……

这时候，整个世界都要安睡了。可是，对那些习惯在漆黑的夜晚里行动的飞禽来说，这时候，才正是它们最清醒、最活跃的时候。

蝙蝠、猫头鹰和夜鹰，都是黑夜里的“小精灵”。这些喜欢在黑夜里飞翔的小生命总使我想到：在这个世界上，没有冒险就不会有成功，敢于冒险和冲破黑暗，才会赢得希望和光亮；只有那些不畏艰险的人，那些像蝙蝠、猫头鹰这样的“冒险家”，才能享受到真正的冒险的乐趣。

小蝙蝠所生活的世界是神秘莫测的，它们是黑夜的主人。谁也不知道，它们白天居住在什么地方。是在偏僻的山洞里、冷寂的墓地，还是在古老的房屋的横梁间，抑或是在古旧的图书馆的阁楼上？

小蝙蝠们总是在黑夜里飞翔和寻找着什么。谁也不知道，它们在黑暗中经历过怎样的恐怖和冒险的故事，它们真正是黑夜里的“冒险家”，有许多不为人们知道的秘密。

猫头鹰

在冬天的夜晚，当你在静静的树林边行走时，你也许还会听见从树林中传出的“呜——呜——呜——”的声音，好像一个小孩子在呜咽。

注意啦！这也许是一只猫头鹰躲在树丛里啼叫。猫头鹰就是用这种奇怪的声音先把猎物吓得发呆，然后趁它还来不及逃跑，便迅速扑下来把它抓住。

猫头鹰也喜欢在夜间活动，白天就躲在树枝间睡大觉。白天它的眼睛转也不转，整个身子一动也不动，但一到夜晚，它的视力就变得非常敏锐。它观察四周的唯一方式是转动头部，它的头几乎可以旋转一圈，而且转得很快。

当它看见野兔、田鼠等猎物的时候，就会轻轻地飞扑而下，好像一阵无声无息的轻风。但它的爪子非常有力，一旦抓住猎物，谁也别想逃脱。猫头鹰是田鼠的天敌，是人类的朋友。

“鬼鸟”夜鹰

人们也常把夜鹰误当成猫头鹰。其实，夜鹰和猫头鹰是两种完全不同的夜鸟。夜鹰的样子像一只小鹰，但比真正的小鹰小。它是一种古怪的鸟，传说它是蚊虫的“母亲”，每叫唤一声就从嘴里吐出许多蚊虫，所以人们又称它“蚊母鸟”。

其实，这是人们的一种错觉。它不是蚊虫的母亲，而是蚊虫的天敌。夜鹰喜欢在池沼多草的地方出没，就是因为这些地方蚊虫繁多，可以在这里大量地捕食蚊虫。

夜鹰还有个怪名字叫“鬼鸟”。这是因为它昼伏夜出，经常伏在树上或地上一动不动，两只大眼睛发出绿森森的光芒，就像猫眼一样，而且鸣叫的声音也十分单调，农人们很不喜欢，便叫它“鬼鸟”。有的地方还叫它“贴树皮”，因为它常常伏贴在粗大的树干上，毛色又和树皮的颜色差不多，很难被人发现。

鸟类是温血动物，在冬天一般是不休眠的，夜鹰却比较特殊，它们是休眠鸟。秋天一过，天气冷了，食物渐渐少了，夜鹰便开始伏贴在树洞里一动不动了。它们用降低新陈代谢的办法来度过严寒的冬天。夜鹰休眠的时候，体温降低，呼吸变慢。一到春天，天气暖了，夜鹰便从休眠状态中苏醒过来，重新变得活跃起来。

乌鸦是人类的朋友

*

乌鸦是净土上的灵鸟，是所有的黑夜与墓地的守护者。

“呱——呱——呱——”这是谁的声音？好像是青蛙的叫声，但比青蛙的叫声难听多了。原来这是乌鸦的声音。

乌鸦站在老树枝上，站在墓地边的山岗上，“呱——呱——呱——”的叫声好凄惨、好恐怖！乌鸦还喜欢吃腐烂动物的尸体呢。所以人们说：“乌鸦叫了，准没有什么好事儿！”农民们还把乌鸦视为“灾星”，认为它是一种不吉利的鸟。当有的小孩在一些喜庆场合突然说出了不吉利的话来，妈妈也会埋怨他长了一张“乌鸦嘴”。

那么，乌鸦真的这样叫人讨厌吗？这实在是人类对乌鸦的一种误解。乌鸦其实是人类的朋友。乌鸦虽然叫起来很难听，它们却十分懂得情义。有人看到过这样的情景：一个伙伴死了，其他的乌鸦会站在它的尸体周围，排成弧形的队伍，“呱呱”地悲鸣着，表示着它们的“哀悼”。过了一会儿，其中的几只乌鸦会合力衔起伙伴的尸体，飞到附近的一个池塘的上空，将尸体抛入水中，完成“水葬”，然后又悲伤地叫上一阵后，才盘旋着离去。

在鸟类中，乌鸦还是一种比较聪明的鸟儿。有个童话说：乌鸦想喝到一个长颈瓶里的水，但嘴巴伸不进瓶里，它便衔来很多小石子，丢进瓶里，当瓶里的石子多了，水就涨到瓶口了，乌鸦轻而易举地喝到了长颈瓶里的水。

乌鸦也是果园里的害虫的天敌。当果园里出现了大量害虫时，乌鸦就会成群地飞来，“呱呱”地叫着，吸引来更多的乌鸦，直到把害虫啄食干净。

在西藏地区，乌鸦被视为“神鸟”。那里的乌鸦有一身纯美的黑色羽毛，黑得好像可以照彻最黑的黑夜。在寺庙的上空，在傍晚的湖泊边，在竖满经幡和堆着祈祷石的岔路旁……乌鸦披着神秘的黑斗篷，像一道道黑光闪过。它们是净土上的灵鸟，是所有的黑夜与墓地的守护者。

有位动物学家名叫纳端特，专门研究过乌鸦，写过一本有趣的书，叫《乌鸦会话词典》。他认为，在鸟类世界里，乌鸦的语言是最丰富的，它们的叫声大约有三百多种。乌鸦有很多属于自己种族的“方言土语”。比如说，在美国密执安湖畔生活的乌鸦，和生活在意大利佛罗伦萨郊区的乌鸦之间，就存在着语言障碍；生活在城市里的乌鸦和乡下的乌鸦之间，也有一些语言障碍。

乌鸦的形象也并非我们常说的那样，“天下乌鸦一般黑”。在有些地方，就生活着白色、棕色和浅灰色的乌鸦。

请记住：乌鸦是人类的朋友。我们不应该因为它们的叫声有点儿难听，就讨厌它们，甚至冤枉它们，把它们拒之于千里之外。

小丹顶鹤的家

丹顶鹤鸣叫起来，声音非常嘹亮，像在吹圆号一样……

给老人祝寿的时候，人们也许会送上一幅《松鹤图》：两只翩翩欲飞的白鹤，站立在苍劲的松枝上。松树和鹤，都是长寿的象征。

古时候，我们的祖先还认为，丹顶鹤是神仙的旅伴，所以称它为“仙鹤”。《西游记》里太白金星的坐骑，就是一只白色的丹顶鹤。

丹顶鹤身体高大，腿长，嘴长，颈子也很长。它们全身洁白如雪，只有双翅的边缘是黑色的。它们的头顶没有羽毛，只有一点鲜艳的红冠，看起来好像戴着一顶红色的小帽子。丹顶鹤的名字就是这么得来的。

丹顶鹤喜欢成双成对地在沼泽、洼地、湖滨和河滩的浅水处，自由自在地漫步、觅食。丹顶鹤站在沼泽地上睡觉时，常常单腿独立，把头埋在双翅之间。

秋天来了，天气凉了，丹顶鹤就离开北方，向南方的湖区迁移。丹顶鹤是鸟类中的“寿星”，一般可活到五六十岁呢。丹顶鹤鸣叫起来，声音非常嘹亮，像在吹圆号一样，嘹亮的声音可以传到几公里以外。

丹顶鹤喜欢过集体生活。小丹顶鹤一般长到一周岁时，就会被父母赶出去，自己寻找伙伴，开始新的生活。

那些一岁、两岁或三岁的小丹顶鹤，被父母赶出来后，很自然地聚集在一起，像一群要好的小学生一样，过起了快乐的集体生活。它们一起觅食、练习飞行，一起嬉戏和练声，看上去是那么认真、用功。

等长到五六岁时，它们身体的各方面都成熟了，便会离开群体去自由地“恋爱”“结婚”和“生儿育女”。那时候，它们不再是小丹顶鹤了，而是丹顶鹤爸爸或丹顶鹤妈妈。

我国东北的松嫩平原、黑龙江齐齐哈尔的扎龙地区，是丹顶鹤繁殖和生活的地方。每年春天，大批的丹顶鹤都飞到这片平原地区的芦苇丛里和沼泽地里生儿育女，自由地生活。人们把扎龙地区叫作“丹顶鹤之乡”。为了保护丹顶鹤等珍稀水禽，当地的人们还专门在那里建立了国家级自然保护区呢！

但愿在我们祖国辽阔的土地上，还有更多这样的自然保护区，有更多的丹顶鹤的家，可以让丹顶鹤，还有大雁、野鸭、天鹅等，安全、自由和快乐地生活在我们身边。

鹰之歌

*

高空中飞翔的老鹰，正可以把地上的一切看得清清楚楚。

小时候在老家，见过一些养鹰人和他们驯养的鹰。

人们养鹰是为了让它捕捉野兔。养鹰，先要“熬”它，去掉它的野性。熬鹰之前，先让鹰饿上几天，不喂它东西。然后用带筋的牛肉在油里炸了，外面再用麻线缠紧。鹰饿极了，见到牛肉，一口就吞下去。但油炸的牛肉哪能那么容易消化呀！何况外面还留着一截细麻线呢。养鹰的人把麻线一拉，就把牛肉又拉了出来。一连几次，鹰肚子里的油水都被拉光了，鹰的野性也就去掉了。

再接下去就是熬鹰。熬，就是不让鹰睡觉。把鹰架在胳膊上，或让它站在一个悬空的秋千架上，鹰刚一闭眼，正要迷糊一下，熬鹰人就把胳膊一抬或把秋千架一摇晃，鹰就又睡不成觉啦。这样要反复熬上几夜呢！一个人熬鹰是吃不消的，得两三个人轮流着熬。

为什么要熬它呢？因为鹰想睡觉，你不让它睡，它就会变得非常烦躁不安，这样它一旦见到了奔跑的野兔，才肯去逮。相反，如果让它吃得饱饱的，睡得好好的，它就不愿动弹了。

熬上了几天几夜之后，鹰的野性就完全去掉了。这时候，养鹰人就可以架鹰出猎了。

出猎时，还要给鹰套上一顶小帽子，遮住它的双眼。到了野外，一摘鹰帽，鹰的眼前忽然一亮，四野宽阔，鹰的精神就会为之一振。鹰撒出去后，一旦看见地上飞跑的野兔，便会迫不及待地疾飞下去，一下子就把兔子抓住啦！

现在想来，人类对待老鹰的方法，真是太粗暴、太不公平了！

鹰一般都以捕捉到的田鼠、野兔、小鸟、青蛙作为食物。秋天是老鹰捕捉猎物最好的季节，因为这时候草枯了，叶落了，许多小动物往往找不到躲藏的地方，而在高空中飞翔的老鹰，正可以把地上的一切看得清清楚楚。

如果你仔细观察，还会发现，老鹰（还有一些别的鸟儿）在飞翔时，总是把双脚紧紧地收在肚子下面。原来，老鹰在天空飞翔时，要尽量减少空气对它的阻力，这样才能既省力气，又飞得快。老鹰把双脚收到肚子下面，肚子下面的空气就可以很流畅地通过，空气的阻力就减小了，飞起来也就比较省力了。

我们看到，飞机升起在天上时，也会把轮子收起来，以便减少空气的阻力，这个办法就是人类从老鹰那里学来的。

法国大作家雨果曾经赞美说：“鹰，就是才华。”很多年前，我也写过一首诗《鹰之歌》，献给我所敬仰的心志高远的雄鹰。

不在雷电中飞翔的雄鹰，
唱不出真正的鹰之歌。
栅栏里的马儿不懂得，
大草原的壮美与辽阔。

高高地飞吧！勇敢的鹰，
穿过暴风雨去接近太阳。
你的翅膀将比暴风雨更雄健，
你的信念将比黎明更辉煌！

啄木鸟的秘密

＊

啄木鸟是啄食森林害虫、保护森林健康生长的“森林卫士”和“森林医生”。

童年时代，小学老师教我念过一首诗歌《林边问答》：

叔叔，叔叔，你们好！
怎么起得这样早？

敲罢头一遍鼓的啄木鸟，
比我们起得还要早；
翘起大尾巴的松鼠，
已经在杉树枝上做早操。

叔叔，叔叔，你们好！
急急忙忙往哪儿跑？

我们踩着小鹿的脚印，

跑进大森林的怀抱，

请站立了百十年的大树，

躺下来舒舒服服睡一觉。

……

因为这首诗歌，我记住了啄木鸟的一个生活特性：它不像别的小鸟一样，用自己或清脆或嘹亮的歌声去迎接每一天的黎明，而是用自己“笃笃笃”的“击鼓声”去唤醒黎明，唤醒森林和山野。

记得小时候，我还从《儿童时代》上面的“万宝全爷爷”科普小信箱里得知，啄木鸟平均每天要对着坚硬的树木快速敲上 500 ~ 600 次“笃笃笃”的“击鼓声”呢！

那么，啄木鸟每天都这样快速地“敲鼓”，它的头和嘴巴会不会受伤呢？它会不会得“脑震荡”呢？小时候我还这样好奇地问过老师。

长大后才渐渐懂得了，我的担心是多余的。因为啄木鸟的嘴巴十分坚硬，就像木匠用的钻子一样又尖又长，能在坚硬的树干上啄凿出小小的圆洞，然后把尖尖的长喙伸进树干的木质部，再吐出又长又细的还带着许多小小的倒刺儿和黏液的舌头，把树洞深处的害虫给钩出来。

不用担心啄木鸟会得“脑震荡”啦！生物学家们在研究后发现，啄木鸟的头上至少有三层防震装置，它的头骨结构疏松，而且充满了空气，头骨的内部还有一层坚韧的外脑膜，在外脑膜和脑髓之间有一条狭窄的空隙，起到了“消震”的作用。在啄木鸟小小的脑袋两侧，生长着一些发达和有力的肌肉，也可以起到“防震”“消震”的作用。

啄木鸟头部的这种精妙的“防震装置”，也给人类带来了仿生学上的成果：工人们在工地劳动时戴的安全防护帽、防震头盔，还有摩托车手戴的运动头盔，等等，都是外面有一个坚硬的外壳，里面为一个松软的套具，两层之间留有一定的空隙，帽子里再加上一个防护领圈，防止在突然碰撞时造成旋转。这种安全装置，正是小小的啄木鸟带给人类的启发呢！

啄木鸟是啄食森林害虫、保护森林健康生长的“森林卫士”和“森林医生”。躲藏在树干里的一些森林害虫，像天牛幼虫啦，象甲啦，金龟甲啦，还有螟蛾、蝗虫、蚂蚁、白蚁什么的，都逃不出啄木鸟的“火眼金睛”和坚硬的长嘴。所以，中国古书上早就有啄木鸟“穿木食蠹”的记载。“蠹”就是指那些树木害虫。明朝“药圣”李时珍在《本草纲目》中就写道：“此鸟斫裂树木取蠹食，故名。”还描写道：“（啄木鸟）刚爪利觜。觜如锥，长数寸。舌长于咮，其端有针刺，啄得蠹，以舌钩出食之。”

啄木鸟在寻找害虫的时候，有一个巧妙的“击鼓驱虫”的计策：先用硬嘴在树干上敲击，发出奇特的“笃笃笃”的“击鼓声”，使害虫在声波的刺激下昏头转向，四处窜动。只要它们一露出树洞，自然就成了啄木鸟的“美食”了。碰到虫害严重的树木，“忠于职守”的啄木鸟，往往会在这棵树上连续工作好几天，直到把害虫清除干净为止。由此可见，“森林医生”这个称号对于啄木鸟来说，是当之无愧的。

啄木鸟不仅有坚硬的长喙和灵活的舌头，它的脚趾也很奇特：向前、向后各有两个脚趾，能够牢牢地攀登在树干上。它尾巴上的羽毛也很坚挺，而且富有弹性，尾羽的尖端可以牢牢地撑住树干，协助脚趾稳固自己的身体，然后专心致志地啄开树洞，钩出树洞里的害虫。

常见的啄木鸟有两种：一种是斑啄木鸟，背部是黑色的，两只翅膀上有一些白色斑点。雄性的斑啄木鸟，头部的羽毛是鲜红色的，看上去很漂亮。还有一种是绿啄木鸟，雄鸟的背部几乎是纯绿色的，雌鸟的背部是灰绿色的。

戴胜鸟的样子粗略一看，和啄木鸟有点儿相像，常常有小朋友把栖落在草地上寻觅草籽吃的戴胜鸟，误认为是啄木鸟。其实，啄木鸟大部分时间都生活在森林里和树干上，很少飞到空旷的草地上来。

小鸟天堂

老树敞开自己巨大的怀抱，又像撑开了一把只有在童话里才有的巨大的雨伞……

小鸟天堂是一个真实的地名，又叫“雀墩”或“鸟的天堂”。

这是位于广东省江门市新会区会城镇天马河的河心沙洲上的一处奇特景观：沙洲上有一株古老的、据说已经有四百多年树龄的大榕树，大榕树上无数的气根垂落到地面上，扎进了树冠下的土地中，慢慢地成为了新的树干。年复一年，经过丰饶的雨水的滋润，这株老榕树竟然“独木成林”，巨大的树冠蔓延和覆盖着面积近二十亩的河心沙洲。

因为有了这片枝叶繁茂的“树林”，不知从什么时候起，一年四季里，这里就聚集起和栖息着成千上万只小鸟。小鸟们在这里欢唱、聚会和安家，与这株精灵一样的大榕树相依相偎，和谐共处。老树敞开自己巨大的怀抱，又像撑开了一把只有在童话里才有的巨大的雨伞，给了成千上万只小鸟一个安全、热闹的家。

一开始，当地人把这株沙洲上的大榕树称为“雀墩”。1933年6月，著名作家巴金乘船来到新会天马河旅行时，被“雀墩”的奇特景象感动了，就写下了一篇有名的游记《鸟的天堂》，从此，“雀墩”便有了一个更美丽的名字：“小鸟天堂”或“鸟的天堂”。

在巴金笔下，这棵老榕树上，“有着数不清的丫枝，枝上又生根，有许多根一直垂到地上，进了泥土里。一部分的树枝垂到水面，从远处看，就像一棵大树躺在水上一样”。“这棵榕树好像在把它的全部生命力展览给我们看。那么多的绿叶，一簇堆在另一簇上面，不留一点缝隙。翠绿的颜色明亮地在我们的眼前闪耀，似乎每一片树叶上都有一个新的生命在颤动，这美丽的南国的树！”

再看他笔下的身处“天堂”的鸟雀们：“到处都是鸟声，到处都是鸟影。大的，小的，花的，黑的，有的站在枝上叫，有的飞起来，有的在扑翅膀。”“我的眼睛真是应接不暇，看清楚这只，又看漏了那只，看见了那只，第三只又飞走了。一只画眉飞了出来，给我们的拍掌声一惊，又飞进树林，站在一根小枝上兴奋地唱着……”

巴金先生把这里称为“鸟的天堂”，真是名副其实呢！如今，说起广东新会的“小鸟天堂”，很少有不知道的。除了巴金观察到的画眉，这里栖息着更多的是各种野生的鹭鸟，例如白鹭、灰鹭、苍鹭，还有八哥、鹩哥、丝光鸟，等等。1982 年和 1984 年，新会县还特意两次派人到上海，邀请巴金先生为“小鸟天堂”题字。

如今，“小鸟天堂”已经成为了广东新会的一处旅游名胜，它似乎在告诉每一个前来观赏的人：大自然是慷慨的，老榕树是无私的，小鸟们是友好的。只要人们能像爱护自己的家园一样，去热爱和保护大自然，去给小鸟们一个安全和快乐的“家”，那么在我们的身边，就会有越来越多的“小鸟天堂”，我们每天都会听到小鸟们快乐和美丽的歌唱。

伯劳的生活真相

东飞伯劳西飞燕，黄姑织女时相见。

“劳燕分飞”里的“劳”，指的就是伯劳鸟；“燕”，就是燕子。古代的一部诗歌集《玉台新咏》里，有一首《东飞伯劳歌》，开篇两句就是：“东飞伯劳西飞燕，黄姑织女时相见。”“黄姑”指的是牵牛星。这两句诗的大致意思是说：伯劳鸟和燕子各飞东西，从此离别了，不知道什么时候，还能像牵牛星和织女星那样重新相见。

在古人的诗歌里，伯劳常常被用来比喻夫妻、亲人、朋友之间的分离。而事实上，伯劳和燕子都是候鸟，温暖的季节里，它们一起生活在北方；冬天到来的时候，天气冷了，它们又一起往南方迁徙。“东飞伯劳西飞燕”，原本只是描写鸟儿迁徙，后来的人们望文生义，就把伯劳和燕子的迁徙引申为“各奔东西”的意思。

伯劳鸟是一种常见的鸟。伯劳鸟的样子也比较容易识别：

它的额和头顶前部的毛是淡灰色的，背面大部分的毛是灰褐色的，腹部的羽毛是棕白色的，小脑袋两侧长着划过眼部的黑色条纹。

伯劳鸟平时喜欢栖息在平原和山地的小树上，有时会站立在灌木丛的顶端，张望着四周，一旦发现了什么小飞虫或松毛虫，就会疾飞直下，一瞬间啄住猎物，然后再返回栖息的树枝上。

伯劳鸟也喜欢翘着尾巴喳喳地鸣叫，特别是当它发现了大一点的猎物，例如一只蜥蜴或一条小蛇什么的，叫起来的声音又尖厉又响亮，听上去十分激昂有力，似乎在呼唤同伴一起前去“围剿”，尖厉的声音里好像还透出了难以掩饰的激动与兴奋。古人觉得伯劳鸟鸣叫的声音里有“不祥之兆”，所以又把伯劳鸟列为“恶鸟”之一。

我们经常在树林边和田野上见到的伯劳鸟是红尾伯劳，它们尾巴上的羽毛是棕红色的。还有一种红背伯劳，不用说，它们背上的羽毛是棕红色的。

伯劳鸟里个头最大、捕捉猎物最厉害的，是虎纹伯劳，又叫“粗嘴伯劳”或“厚嘴伯劳”。这种伯劳鸟的背部至尾巴的羽毛是栗褐色的，夹杂着隐隐约约的褐色横纹，看上去像老虎背上的花纹一样。这种伯劳鸟的嘴形不仅大，而且非常有力量，有点儿像老鹰的嘴形。这才是真正的“恶鸟”呢！虎纹伯劳捕捉到猎物后，也会先飞回树枝，但是不急着吃掉猎物，而是常常把猎物挂在带刺的树上，“炫耀”一会儿，然后在树刺的帮助下，将猎物杀死。所以，有人也把虎纹伯劳称为“屠夫鸟”。

大树上的“建筑师”

有喜鹊筑巢和喜鹊飞翔的村庄，总是让人觉得欢乐和热闹。

走在祖国的任何一个地区的乡村，你会发现，在田野间、小村旁、树林里，一些高大的树顶上，会有一些巨大的鸟巢。它们是小村庄和田野上不能缺少的风景，如果没有这样的大树和鸟巢，我们的乡村就会显得十分寂寞，缺少了许多生机。

这些建筑在大树上的巨大鸟巢，多半是喜鹊们的“杰作”。

民间俗语说：“喜鹊叫，喜事到。”喜鹊也是一种喜庆和吉祥的鸟儿，它们和人类很有“缘分”，总是喜欢把自己的大巢筑在村口和民宅旁的大树上，平时也特别喜欢在人类生活的附近活动，尤其是和生活在乡村的人们形影不离。有喜鹊筑巢和喜鹊飞翔的村庄，总是让人觉得欢乐和热闹。

喜鹊也是大树上的杰出的“建筑师”。喜鹊喜欢把自己的大巢筑在高高的树冠顶端，看上去十分醒目。冬天，当你走在田野上或村庄里，会看见一些喜鹊衔着树枝从头顶上飞过。这是喜鹊在筑巢了。

一个完整鹊巢的建成，从最开始的衔泥、衔枝，建成巢的外形，然后再加上“内部装修”，全部“工程”大约需要四个月的时间。筑巢工作是很辛苦的，雌喜鹊和雄喜鹊都会参与。喜鹊筑巢用的树枝有的比较粗大，雌喜鹊的体力有时难以胜任，所以大多由雄喜鹊负担运输。从喜鹊巢的外部看上去，枝条纵横堆积，显得有点儿粗糙和随意，其实，鹊巢的结构是十分复杂和精细的。整个鹊巢是一个巨大的、直立的椭圆形，巢的一侧留着一个圆洞，口径正适合喜鹊出入。鹊巢的顶盖很厚实，枝条排列细密，雨水也漏不进去。鹊巢的底部也很稳固、牢靠，有人做过验证，要想单独抽掉巢底的哪一根树枝，都是十分费力的。这样可以保证大风摇晃着大树时，鹊巢仍然能够“稳如泰山”。

说喜鹊是杰出的“建筑师”，还因为鹊巢的“内部装修”工序也是十分奇特的。鹊巢的内部，就像是用河泥涂在柳筐里面而形成的一个“大泥碗”，碗壁上会留下一些深深的爪印，那是喜鹊把衔来的一块块河泥涂在巢内四周，再用脚趾使劲踩牢、踏实的。泥层涂抹牢固了，喜鹊还会寻找和衔来一些柔软的芦花、毛发和别的丝麻编织物，混搭在一起，完成最后一道精致的“软装修”，以供不久的将来喜鹊宝宝们出生后，可以生活得舒适和安全一些。

正因为喜鹊们搭建的大巢又牢固又精致，所以，动物学家们观察到，有一些不太擅长筑巢，或者又笨又懒、从不筑巢的鸟儿，例如杜鹃、斑鸠、红脚隼等，会“不知羞耻”地把自己的蛋产在喜鹊的巢里，甚至赖在喜鹊的巢里喂养自己的鸟宝宝。好在喜鹊总是宽宏大量的，大多时候会“收容”了它们，有时候实在看不过眼了，喜鹊们就只好抛下旧巢供杜鹃们使用，自己重新选择一棵大树，去建筑一个新家。

小时候，我也常常听奶奶讲，每年农历七月初七的七夕节这天，在任何地方都看不见喜鹊的踪影，因为所有的喜鹊都会飞到天上去，用自己的身体和羽毛，为牛郎和织女一家人搭起一道相聚的“鹊桥”。中国古代文人的诗词里，有很多吟咏“鹊桥”的佳句。所以从小时候起，我就对喜鹊有一种敬仰感，觉得它们不仅是象征喜庆和吉祥的鸟雀，还是一种喜欢帮助弱者、富有正义感与担当精神的鸟雀。

犹怜草木青

金色的迎春花

*

她来了，大地上的一切，都渐渐变得温暖起来了。

每一朵小花，都有自己的故事。你知道迎春花的故事吗?

很久很久以前的一个冬天，美丽的百花女神召集来所有的花儿，商量谁应该在什么季节开放。

这时候，冰雪还没有融化，北风正在呼呼地吹着，所有的小花、小草和小树，都还沉睡在寒冷的梦中呢!

那么，谁可以踏着刺骨的冰雪，到人间去向人们预告春天呢?

玫瑰、牡丹、芍药、莲花……都没有作声。

是啊，冬天实在是太冷了，每天都吹刮着好大好大的风雪呢！谁敢在这时候出门去啊！可是，就在一片沉默中，一个小姑娘勇敢地站了出来，轻声说：

“让我去，好吗？”

花儿们看到，小姑娘羞涩的目光里含着深切的期待。

百花女神吃惊地看了看这个小姑娘。她穿着鹅黄色的裙子，看上去是那么娇小，却又是那么自信。

百花女神微笑着点了点头，说：“去吧！孩子，只有你，才属于春天！”

百花女神送给小姑娘一个美丽的名字——迎春。

小小的迎春花，只是稍稍打扮了一下自己，在发辫上插上一朵金黄色的散发着淡淡清香的小花，便告别了众多的姐妹，独自来到了人间……

迎春花来到我们中间的时候，大地还被厚厚的白雪覆盖着，春天还在远处的路上，孩子们还在做着堆雪人的梦呢！

可是，迎春花是春天和大地妈妈勇敢的女儿。她来了，大地上的一切，都渐渐变得温暖起来——

冰封的小河悄悄解冻了，雪花在天空化成了细雨，泥土变得松软和湿润了，葡萄藤和柳枝也都变得柔软了，小草在悄悄地返青。所有冬眠的生命，也都开始苏醒了……

柳树的美

柳树不以华贵为美，而是美在平凡，美在普通。

在路边，在河滩，在湖畔，当柳树萌发出小小的黄芽儿的时候，春天已经来到我们身边了。

柳树枝在春天里变得那么柔软，好像女孩子们的发辫一样，风儿轻轻一吹，它们就飘飘荡荡起来。特别是垂柳，它们体态轻盈，婀娜多姿，枝条总是向下垂落着，春风吹来，所有的枝条都会随风起舞。因此，人们称垂柳为“少女树”。

一位女诗人写过这样一首诗，赞美垂柳的多情多姿：

是母亲的手，温柔的手
深情地把我抚慰
把我抚慰，低语着
春天来了！

是女儿的辫子，长长的辫子
在我眼前飘来飘去
飘来飘去，歌唱着
春天来了！

柳树有一种风姿绰约的美。有一种柳树，人们叫它“音乐柳”。当你沿着河边悠然漫步，也许会听到一阵阵悦耳的音乐声，好像有人正在附近拉小提琴似的。这时候，你不必诧异，也不要去寻找拉小提琴的人，奏出这悦耳的琴音的“音乐家”，其实就是河边的翠柳树——它们的叶片中长着密密的纤维，碰击后就会发出悠扬动听的“琴声”。

还有一种老柳树，人们为了使它多长枝条，便经常给它“砍头”。“砍头”的结果，使它变成了一副滑稽的模样，树干好像一个老树桩。时间长了，人们便把这种老柳树叫作“砍头柳”。“砍头柳”名字难听，但看上去也非常有趣，是一种滑稽之美。

每年的二三月，是柳树扬花的时节。柳树花开始时是黄绿色的，等到四月，花谢了，便会有一些细小而带着白色丝状绒毛的种子成熟了。这些种子乘风飘扬，便是人们常见的“柳絮飞舞”了。飞舞的柳絮就像漫天的雪花一样。

柳树可以由种子发芽生成，但更容易成活的，是“插柳”。

春日里，折上一段柳枝，插在潮湿的土地上，它便会生根发芽。俗话说“无心插柳柳成荫”，正好说明了柳树容易繁殖的特点。

古代人送自己的朋友远行时，总要“折柳相赠”。许多诗词写送别时，也会提到柳树，如王维的诗：“渭城朝雨浥轻尘，客舍青青柳色新。劝君更尽一杯酒，西出阳关无故人。”

这里面有两层含义：一是柳与“留”谐音，折柳相送，有挽留、留恋的意思；二是柳树容易生长，无论在什么地方，都能生根发芽，而且枝叶繁茂，所以，折柳相赠，含有祝福的意思。

柳树不以华贵为美，而是美在平凡，美在普通。大诗人杜甫这样赞美柳树：“只道梅花发，那知柳亦新。枝枝总到地，叶叶自开春。”德国诗人赫门兹在《垂柳之歌》里也这样咏唱过：

柳树啊，从你微风似的呻吟，
我听到了一阵更为深沉的曲调。
虽然你的柳丝低垂微语，
发出悠长而甜美的声音，
柳树啊，叹息不已的柳树。

柳树是春风和燕子的梦，也是骑在牛背上吹着叶笛的小牧童们的梦。柳树与春天同在，与大地同在，与绿色的希望同在。

绿色，绿色，美丽的颜色

这春天的大自然就像一首美丽的歌曲，充满了柔和的旋律。

这是三月里的一天下午。我在晴朗的郊外漫步。微风吹来一阵阵泥土的芬芳，还有香樟树的嫩芽儿的清香。布谷鸟和云雀欢叫着飞过蓝色的天空，白云像透明的锡纸一样发出耀眼的光亮。我的脚边是一片片金色的、灿烂的油菜花地。那耀眼的金光仿佛要蔓延整个大地。一些我叫不出名字的野花和小草，也在尽情地摇曳着，像欢乐地舞蹈着的孩子们一样。这春天的大自然就像一首美丽的歌曲，充满了柔和的旋律。

这时候，一队小学生和他们的老师一起，唱着歌儿从公路那边走过来。他们打着鲜艳的队旗。有的提着水桶，有的扛着铁锹。最后的几个小男生抬着捆成捆的小树苗。不用说，他们是一群来郊外植树的孩子。他们自由而活泼，就像一群到原野上迎接春天、打扮春天的小天使。不用说，他们将在大地上给我们留下一片青青的小树林。其实，他们站在一起欢笑，已经使我觉得，他们就是一片青青的、正在生长着的小树林。他们明天就会长大的，用他们的树枝一样的手臂，托起这个世界未来的太阳！

这时候，我一下子想起一种可爱的小鸟来了。在遥远的美洲，有一种名叫“卡西亚”的小鸟，每到春天，它们就成群结队地飞到野外，采集一些嫩绿的甜柳枝条，然后衔在嘴里，飞到一片空旷的草地上去“会餐”。它们在食用时有一个良好的习惯：先用嘴在地上啄个小洞，插上柳条儿，然后才开始美美地品尝那嫩嫩的小芽儿。剩下的那些光秃秃的柳条儿，沐浴着春天的阳光雨露，很快就扎下了根，不久便长成青青的小柳树了，一片片地遍布整个旷野。当地的人们给了这种小鸟一个美丽的称号，叫“植树鸟”。

我在想，我是不是可以把眼前这群在原野上打扮春天的孩子也叫作“卡西亚”——我们的“植树鸟”呢？

我还想到了，我们今天这个世界上，太需要花草树木，太需要绿色了！绿色，绿色，这是我们这个世界最美丽的颜色。我们真是应该让我们所依靠的大地充满更多的绿荫、鸟语和花香。或者说，假如我们每个人都能在每一个新来的春天里植一棵小树或保护一株绿色植物，那时候我们就会发现，我们的世界有多么美啊！我们每天都像是生活在碧绿的、清新的大自然母亲的身旁，不论是在城市还是乡村。我们每天都将听见柔和的自然的乐曲，闻见它沁人的芬芳，领受到它那温情的、像母亲的手指一般温柔的爱抚……

但愿一切的污染都从我们的空间里消失，万物都欣欣向荣，相亲相爱，像生活在一个和谐的大家庭里一样。那么，为了这样一个美好的愿望，就让我们每个人都像这些打扮春天的小天使一样，像小小的鸟儿一样，热爱这春天，热爱我们的大自然吧！用我们的真情维护我们身边的每一株绿色植物吧！

年年柳色，年年春风。绿色，绿色，永远是我们这个世界最美丽的颜色。

一颗樱桃树种子

*

我想象着，我亲手埋下的这颗种子，不久也会发芽的。

一个无比晴朗的早晨，在我家屋后的花园里，我悄悄地埋下了一颗金色的种子——一颗樱桃树的种子。

没有谁知道我做的事情。三色堇和雏菊都还在梦中。这是我所有秘密中的又一个小秘密。

我常常把目光投向门前的那株枣树。它已经年老了！它淡黄色的花朵，像小小的米兰花。它碧绿的叶子下，悬挂着繁多的、青青的小铃儿一样的果实。它像一位辛勤的老爷爷，向世界奉献着它最后的爱。

我想象着，我亲手埋下的这颗种子，不久也会发芽的。那时候我会悄悄地、细心地为它浇水施肥，像培育着我心爱的希望一样培育它，为它采集来最充足的阳光和露水。我相信它一定会渐渐长大、开花。最终也将结出金色的果实。那便是我最大的愿望。

在许多年以后，当陌生的人们从这里经过，他们都将含笑摘到通红的、成熟的樱桃，却不会知道是谁种下的这棵樱桃树……

那时候我将在哪儿呢？那时候，我们都将在哪儿呢？

——就像今天，当我们都在赞美门前的这棵果实累累的老枣树时，有谁能想到，为我们栽种了枣树的人，他在哪里？他叫什么名字呢？

春天的楠竹林

那一株株幼笋，是一种静谧的、绿色的生命力的爆发。

江南三月，细密的雨声中，传递着温煦的杏花消息。

这时候，应和着天边隐隐滚过的隆隆雷声，青青的楠竹林里，也迎来了生机勃勃的爆笋时节。

竹林爆笋，那真是一种激动人心的生命景象！经过了一个漫长的冬天的默默积蓄，泥土下的幼笋已经具备了足够的破土而出的力量。伴随着淅沥的春雨，迎着和煦的南风，应和着隆隆的春雷的呼唤，一株株粗壮的幼笋，仿佛在瞬间爆发出了一股伟力，奋力拱开了在泥土和腐叶下纠结交错的竹鞭，甚至“哗”的一声就顶开了压在地面上的巨大的顽石。像雏鸡顶破蛋壳，像幼蝉冲破蝉蜕，那一株株幼笋，是一种静谧的、绿色的生命力的爆发。它们从厚积的枯叶和泥土下脱颖而出，在一瞬间，似乎只有一个念头、一个目标：冲破束缚自己的狭窄箨壳，扩展开翅羽状的枝叶，向上，向上，再向上！这种生命状态，似乎已经不能仅仅用“生长”二字来形容了，而分明更像是在裂变、在飞翔。

在八百里洞庭湖边，我见过竹竿上有着紫褐色斑点的斑竹，即传说中的“湘妃竹”。也许是传说故事本身的悲情，使我觉得这种竹子缺少一种清新和挺拔的朝气；在四川广安乡村，在云遮雾罩的川西坝子一带的农家院落里，我见过一丛丛的慈竹。慈竹虽美，却因竹竿过于纤细，只适宜栽植在窗前宅后，装点庭园居所；在云南的少数民族村寨里，我见过美丽的凤尾竹，又叫观音竹。但凤尾竹只喜欢温暖湿润和半阴的环境，不耐强盛的阳光和风雪严寒，而且株丛密集、竹竿矮小，也只适宜充当低矮绿篱；在赣南井冈山地区，我也见过满山满岭的毛竹，即老作家袁鹰散文里写到的“翠竹”。然而，众多品种的竹子里，最让我难忘的，还是要数遍布鄂南大地上的楠竹。

是的，在竹子的高大、茁壮和挺拔的风采上，也许只有赣南的毛竹，能与鄂南的楠竹相媲美。

每年的清明和谷雨时节，是楠竹林里幼竹茁壮、老竹吐翠的季节。这时候，走进生机勃发、绿意荡漾的楠竹林，抚摸着青青的、粗壮的竹竿上的新鲜粉霜，仰望着直指青天、高入云端的萧萧竹梢，你才会真正体会到，什么叫“吞吐大荒，睥睨寒岁”，什么叫“不折不从，坚贞魁伟”，什么叫“天地与立，剑叶葳蕤”，什么叫“骨节凌云，寸心春晖”。

春天的楠竹林啊，你带给我们的，不仅是一种无可阻挡的自然力与生命力的启迪，还有一种敢于进取、乐观向上的“正能量”。在鄂南，透过阳春三月楠竹林里爆笋的奇观，你还会发现一个来自泥土和自然的生命秘密：成熟的笋与竹，都将是金色的。

楠竹的奉献

＊

“一株幼笋出生，半月升高十尺；一月长成大竹，几年就是战士。”

20世纪70年代，著名诗人郭小川在鄂南咸宁市花纹乡“星星竹海”这个地方，写下了脍炙人口的《江南林区三唱》，包括《楠竹歌》《欢乐歌》《花纹歌》三首诗。诗人喜爱楠竹，在《楠竹歌》中，他把楠竹比作南方的秀丽少女，赋予了她与众不同的气质风采：

她的忠贞本性，
世世代代不变易；
一身光洁，
不教尘土染青枝；
一派清香，
不许歪风留邪气。

她永远保持的是——

蓬勃朝气！
风来雨来，
满身飒爽英姿；
霜下雪下，
照样活跃不息。

诗人对楠竹的自然生命力，也了然于胸：“一株幼笋出生，半月升高十尺；一月长成大竹，几年就是战士。”

这既是抒情，也是写实。楠竹的生长力，正是这么旺盛、这么迅猛。如果拿一株楠竹与一棵树木相比，要长到同样的高度，树木需要六十来年的话，楠竹却只需要六十来天。因此，在鄂南大地上，青青的楠竹林随处可见。它们不仅是广袤大地上的青葱植被和自然物产，也是大地母亲赐予江南水乡的丰厚的经济资源。

说到鄂南竹林胜景，除了郭小川赞美过的咸宁市花纹乡的“星星竹海”，还有有着“楠竹之乡”美誉的赤壁市的楠竹林海。赤壁地方志里记载说，此地栽种竹子已有五千多年的历史，因为此地气候一年四季大多温暖湿润，全年的无霜期在260天左右，深厚肥沃的低山土层和丘陵土层，也以酸性土壤为主，十分适合各类竹子的生长。赤壁的竹类大约有17属123种，最多的就是楠竹，其次是雷竹。整个赤壁的竹林总面积将近40万亩，称为“楠竹之乡”真是名副其实。距离赤壁城区约40公里的“随阳竹海”，是联合国农林组织的一个联合考察基地，也是今天赤壁人的骄傲。来到这里，只见漫山遍野，涌绿叠翠，有的高擎新梢，有的半含旧箨，有的修长似箭，有的粗硕如桩。山风吹过，整个竹海推波助澜、涛声四起。身临其境，不由得想到唐代诗人吟咏竹海的诗句：“宜烟宜雨又宜风，拂水藏村复间松”“月明午夜生虚籁，误听风声是雨声”，觉得这些描述真是准确而传神。

赤壁盛产竹子，赤壁人也十分喜爱竹子。栽竹、咏竹、画竹、用竹、吃竹……来到赤壁，你会觉得，“竹文化”和“竹文明”在这里真是无处不在。赤壁官塘驿镇的双丘村，如今被誉为“中国楠竹第一村”。竹子也是历代文人画师笔下尊崇的“四君子”之一。著名英国学者李约瑟博士，在深入研究了中国自然和人文科学史之后，甚至认为东亚文明乃“竹子文明”。今天的赤壁人，正在用他们家乡的竹子，编织着新的文化成果，创造着新的竹子文明。

在鄂南山乡里，无论是绵延的山冈、起伏的丘陵，还是山雀子噪醒的湖畔、小河环绕的村落，最常见的就是蓬勃旺盛、青翠无边的楠竹林。而随处可见的竹椅、竹床、竹席和竹毯，农民们头上的竹笠、肩上的扁担、手上的提篮，建筑工地上的竹板、脚手架，江河上的竹排，新农村建设中的屋舍栋梁，还有集贸市场上的竹筷、竹帘、竹几、竹杖、竹扇，甚至我们书桌上的竹纸、笔杆、笔筒和各种竹器工艺品……哪一样不是楠竹的奉献呢！

一片片楠竹林，和四季的风霜雨雪一起，和一簇簇散发着药香的野菊花一起，和那些临冬的苦荞一起，和一道道永远流淌不尽的山泉一起，和山乡人家里飘不散的山歌与炊烟一起，在那幽深而多雾的山冈和山谷间，以群体的坚强、蓬勃和进取之心，向着生生不息的大自然和人间世，呈现着生命的欢乐、清新与美丽，呈现着对乡土的忠贞、依恋和守望。

湘妃竹·凤尾竹

湘妃竹形态很美，枝干笔直挺拔，竹叶也青翠淡雅。

湘妃竹，又叫斑竹。唐代诗人刘禹锡有一首诗《斑竹枝》：

斑竹枝，斑竹枝，泪痕点点寄相思。

楚客欲听瑶瑟怨，潇湘深夜月明时。

诗中写道，斑竹枝上带有“泪痕”。这里有一个典故，也是一个古老的神话传说。

相传在中国远古的尧舜时代，有一年，舜帝南巡时，不幸死在了南方的九嶷山上。九嶷山，又名苍梧山，属于湘粤交界处的南岭山脉，南接广东的罗浮山，北连湖南的衡山。

舜帝死后，他的两个妃子娥皇和女英，满怀着悲痛，一路追寻到了九嶷山中。两个妃子的一滴滴眼泪，洒落在了山间的竹子上。人们便把这种竹子称为“湘妃竹”。因为每根竹竿看上去好像都带着斑斑“泪痕”，所以又叫“斑竹”。

有的湘妃竹上的痕迹，不像是泪痕，而像是指纹的痕迹。传说这也是两个妃子在竹子上抹眼泪时留下的。

湘妃竹大多生长在湖南、江西、广东、广西等南方地区，有的省份也称它为“泪竹”。实际上，植物学家说，它们是竹子这个“大家族”里的种类之一，属于桂竹的一个变种。和“湘妃竹”这个名称相关的神话传说，是人们根据竹竿上独有的斑痕，想象和“创作”出来的。

湘妃竹形态很美，枝干笔直挺拔，竹叶也青翠淡雅。因为竹竿上有黑色、紫色、枣红色的斑痕，更显得优雅秀丽，所以，工艺匠人们常常利用湘妃竹竹竿的斑点和花纹，制作成毛笔杆和纸扇扇骨等文房雅具。用湘妃竹做笔杆的毛笔，做扇骨的纸扇，比一般竹子做的都要显得名贵和秀雅许多。

凤尾竹，也是生长在我国南方地区的一种竹子。凤尾竹的植株比较高大，有的竹竿高达 6 米以上。这种竹子的小枝和竹梢都微微下垂，看上去就像凤凰展开的尾羽，所以得名“凤尾竹”。

一说到凤尾竹，人们首先就会想到西南边疆地区，想到云南的西双版纳。凤尾竹在西南边疆地区尤为多见。生活在这里的画家、作家、诗人和音乐家们，也喜欢在作品里描画和歌咏家乡的凤尾竹。

例如云南的诗人张长，就写过一本诗集《凤尾竹的梦》。他在诗中咏叹：“晓雾中的凤尾竹，撑起了一笼轻柔的白纱”“小鸟从天空飞过，不慎掉落一粒种子，明年变成一园花果……”

还有一首有名的歌曲《月光下的凤尾竹》，歌词作者是诗人倪维德，曲作者是著名的“人民音乐家”施光南先生。歌中咏唱和赞美了生活在西南边疆的傣族青年们，在皎洁的月光下，成双成对地相聚在美丽的凤尾竹下，一边吹着家乡特有的乐器葫芦丝，一边对歌和欢笑的情景：

月光啊下面的凤尾竹哟，
轻柔啊美丽像绿色的雾哟。
竹楼里的好姑娘，
光彩夺目像夜明珠。

听啊，多少深情的葫芦笙，
对你倾诉着心中的爱慕。
哎，金孔雀般的好姑娘，
为什么不打开哎你的窗户？
……

月光下的凤尾竹，
轻柔美丽像绿色的雾哟。
竹楼里的好姑娘，
歌声啊甜润像果子露。
……

美丽的凤尾竹，也可作为室内的盆栽观赏植物来种植。种植凤尾竹难度较大，最难的是在切分盆栽植株时，怎样让每根笋芽都带有一枝老竹，并且还要尽量保留好它们的根须，有了老竹的根须，嫩小的凤尾竹笋芽才有可能成活下来。

寻找桑叶

*

蚕宝宝长得很快，每天都变一个样子。

女儿读一年级的时候，有一天中午，我刚回家，就看见她双手捧着一个小纸盒，欣喜若狂地冲我大叫着：

“爸爸，蚕宝宝！快看呀，四只蚕宝宝！”

原来，她用自己买橡皮的钱，从学校门口的小摊上买了四只白色的小蚕儿回来。同时，还用一毛钱买了十片绿色的桑叶，作为蚕宝宝的食物。

呵，小蚕儿，我也有好多年没有看见过这样的小蚕儿了！

记得小时候在胶东乡下，我每年春天都要养一些蚕儿的。那时候，村里村外都有很多高大的桑树。冬天，人们把一棵棵桑树砍剪成光秃秃的像拳头一样的树杈，俗名“桑拳”。春天一到，清明前后，粗大的桑拳上发出许多嫩条，长满嫩绿的桑叶，仿佛一夜之间便树茂叶阔，可以采摘桑叶来喂养蚕儿了。当桑葚成熟的时候，爬上树去，我们还可以吃到乌紫多汁的桑葚，有时吃得满嘴乌紫乌紫的，像擦了紫色的口红。

我们那里好像也没有专门养蚕的。小孩子们喂养的大都是从桑树上捉回来的野蚕。野蚕养大了也会吐丝做茧，而且也做得蛮精致。茧儿做成了，我们喜欢把它铰开一个小口儿，套在手指上玩儿。现在想来，这其实无聊至极，但那时我们竟玩得非常投入和得意。

那时候我们养蚕还有一个目的，就是收集“蚕屎”。把一粒粒的蚕屎打扫起来，晒干，积攒多了，就可以装进一个小口袋里，晚上睡觉时放在枕头边，是可以保护眼睛的。记得林海音先生在《城南旧事》里就写到过，惠安馆里的“疯子”秀贞，有一阵子也在仔细地打扫蚕屎，预备装成一个小枕头，送给那个“思康三叔”用，因为他每天看书，秀贞怕他把眼睛看坏了。不仅如此，秀贞养的那盒蚕，也已经开始吐丝了，她还想用这些蚕丝，给她的“小桂子”装墨盒用呢。

四只小小的蚕宝宝，唤起了我童年时代的一些美好记忆。当然，更兴奋的还是我的女儿了。“来，我们一起来把它们养大，养到它们吐丝、做茧，变成蛾子，再生更多的蚕宝宝！”我对女儿说。我们为蚕宝宝换了一个更大的纸盒子，然后铺上了那几片碧绿的桑叶。

蚕宝宝长得很快，每天都变一个样子。当然，它们吃得也很多，从早到晚，好像一刻也不停地在吃桑叶。当你仔细地观察它们是怎样快速地吃着桑叶的时候，你就会真正懂得了“蚕食”这个词的意思。

眼看十片桑叶就要被它们吃光了，我和女儿都有点儿着急了。一连几天，我到女儿的学校门口去寻找卖蚕卖桑叶的人，可是，连一片桑叶的影子也没看见。我向人们打听，附近什么地方有桑树，在哪里可以采到桑叶，他们都摇摇头，好像都没注意到哪里有桑树。

在我们老家，据老一辈人说，闹“蝗灾”的时候，黑压压的蝗虫飞过的地方，所有绿色植物的叶茎都会被它们吃光啃净，而它们独独不吃桑叶。可是，蚕儿和蝗虫的口味正相反，它们除了桑叶，任何别的植物叶子都不吃。

十片桑叶，仅有的十片桑叶，终于被四只正在长身体的小蚕吞吃光了，而我仍然没有打听到桑叶的着落。四只小蚕饥饿难忍，身体不停地扭动着，在寻找着食物，我和女儿看着都觉得心痛，可又毫无办法。女儿急得直掉眼泪，摘来最青、最嫩的小白菜叶子喂小蚕吃，但蚕儿们尝也不尝。看样子，没有桑叶，它们是宁愿饿死的。

终于，院子里的一个读五年级的小朋友告诉我，他知道哪里有桑树，他曾去那儿摘过桑叶，不过那地方很远，得坐好几站公交车呢。“管它几站，赶快带我去！”炎热的正午，我拉上小男孩就上了公交车。女儿留在家里，陪着那四只小蚕。

坐了四五站，小男孩说，到了。下了车，又拐过一条胡同，我们果然找到了一棵桑树——一棵真正的桑树。可是，这是一棵什么样的桑树呢？树干、树杈、细枝都在，就是没有桑叶，一片也没有！我还从未见过桑叶被人采摘得如此干净的桑树。可怜的桑树，在这个春天和夏天里，不知道被多少人采摘过了啊！连树梢上的小芽都好像被人摘去了！

我于是想到，这么大一座城市，也许正有不少孩子像我的女儿一样，面对着自己喂养的几只小蚕儿流泪呢。因为，这个城市也许为他们准备下了很多很多东西，可就是没有想到，再为孩子们准备几棵绿色的桑树。即使有一个角落里幸而生长着一棵桑树，你也可以想象，会有多少孩子在盯着它啊！那本来就不多的桑叶，真正是供不应求的，就像我好不容易找到的这棵桑树，早已变得光秃秃的了。

没有找到桑叶，怎么回去向女儿说呢？那四只小蚕，岂不是只好看着它们饿死吗？唉，如果是那样，女儿的心里该多么难过！我这做父亲的，还有什么用呢！连几片桑叶都找不到。

“想想看，还有什么办法，还有什么地方，能够找到桑叶？”我有点儿可怜巴巴地望着带我来的小男孩了。

“坐的士，到郊外的植物园去，那里可以买到桑叶。”小男孩说。我一听，心中大喜。是呀，植物园里，肯定有桑树的。只有去植物园了，再远也得去！为了拯救那四只小蚕的生命。就这样，我拉上小男孩，叫上一辆出租车，直奔市郊的植物园而去。

不用说，我们果然在那里买到了新鲜的、绿色的桑叶，而且买了很多很多，足够四只小蚕儿吃一生的。

小男孩还说，把新鲜的桑叶用食品袋扎好，像放蔬菜一样放在冰箱里，整个夏天，小蚕儿都有新鲜桑叶吃了。我说：“是呀是呀，你真聪明。我怎么就没想到呢！”

夏日的老槐树

新鲜的槐花，散发着淡淡的清芬和甜润的香味，会吸引一些小蜜蜂来采花粉。

小时候，经常听老祖母唱起一首忧伤的童谣：

小槐树，槐树槐，
槐树底下搭戏台。
人家的闺女都来啦，
俺家的闺女咋不来？

长大后，我也在许多诗歌和散文里，写到了童年记忆中的老槐树。例如，我写过一首短小的儿童诗《老槐树底下的梦》：

我的梦中的小鸟，
一只一只都飞到村边的
那棵老槐树的怀抱里去了。

我的梦中的小鸟，
就像小精灵躲藏在密密的树叶里，
夜夜叫唤着我的小名儿……

我也对槐树怀有真挚的感恩之情。这是因为，它曾经用自己清甜的花朵，养育过我。

老槐树一到初夏时节，就会开出一串串洁白的槐花。槐花可以生吃，也可以蒸熟了吃，有一种淡淡的甜味儿。

小时候，槐花盛开的时节，我和村里的小伙伴们，会用长长的、绑上钩子的竹竿，折下一串串沉甸甸的槐花穗子。妈妈把槐花和上麦子面或玉米面粉，蒸熟了给家人当口粮吃，虽然不是那么充饥，但吃起来也是甜滋滋的。

槐花谢了，就会结出一支支槐豆荚，我们叫它“槐兰丹豆”。把嫩豆荚摘下来捣碎，可以用来染白布，染出来的布青绿青绿的。

槐树的种类不少，主要有刺槐和绵槐两种。刺槐的枝条上有尖刺，绵槐上没有尖刺。刺槐又叫“洋槐”，原产美洲；绵槐又叫“国槐”，原产我国。我小时候吃过的白色槐花，都是绵槐上开的。

新鲜的槐花，散发着淡淡的清芬和甜润的香味，会吸引一些小蜜蜂来采花粉。用槐花花粉酿成的蜜，叫“槐花蜜”，是品质较好的蜂蜜之一。现在的小孩子，也许没有吃过新鲜的槐花，但一定喝过甜甜的槐花蜜。所以，我希望今天的小朋友们，如果见到了一棵老槐树，尤其是看到了春日里盛开的洁白的槐花，不妨也去亲口尝一尝新鲜的槐花是什么味道，也能对老槐树和洁白的槐花，怀有几分感恩之情。

淡淡的、飘过槐花香的童年，一定会留在你的记忆里。

香樟树记（一）

*

它们那旺盛、恣肆地生长的力量，来自大地母亲的恩赐。

南国多嘉木，香樟树就是我心目中的“嘉木”之一。

在我所居住的东湖畔，有一片经过了多年的保护而幸存下来的香樟树林。每当黄昏时分，我喜欢沿着一条林中小路，走进这片寂静而幽深的、由一些高大秀美的香樟树和枫橡树组成的树林里，去散一会儿步，或在那里构思我要创作的散文和小说。

这片香樟树林，大概和梭罗笔下的瓦尔登湖畔的那些树林差不多。暮秋时节，整个树林里落叶萧萧，金色的、琥珀色的、深红色的樟叶和枫叶，在大地上铺了厚厚的一层。逢到干爽的天气，金色的落叶被煦暖的秋光照耀得近乎透明，踩在上面实在有些不忍，不由得会把脚步放得最轻。这时候，我会有意无意地叮嘱自己：别出声，轻一点踩过，再轻一点。我似乎真的听到了古人所谓的“秋声”，伴随着落叶的叹息，在泥土之下，在整个城市渐渐消歇的市声里，在暮色里的晚风中，轻轻流淌。

香樟树真像是江南所有乔木中的“美男子”。也许是因为树林里的植株过于密集吧，所以每一棵香樟树似乎都有点“志存高远”的样子，都在努力地向上生长，这样才能争取到更多的空间和阳光，才能使自己的枝干得到更好的舒展。也因此，每一棵香樟树的树形看上去都是那么高大、挺拔和秀美。当然我也十分明白，它们的树干有多高大，它们的树根就会扎得有多深。它们那旺盛、恣肆地生长的力量，来自大地母亲的恩赐。

如果仔细观察，你会发现，每一棵香樟树树干外表的纹路，也是那么漂亮，堪称大自然的杰作。这些树皮上的纹路，都呈纵向的流线型，其实，香樟树幼时的树皮是浅绿色的，而且十分平滑，没有任何纹路。只有成年之后的香樟树，尤其是上了年岁的老香樟树，树皮上才会渐渐出现黄褐色或灰褐色的纵向裂纹。这些流线型的裂纹，是香樟树们经历过风雨沧桑之后成熟的标志，是时间经过后留下的痕迹，就像人到中年以后，额头也会出现皱纹。香樟树的树纹，也让我们看到了一种沧桑之美、生命之美。

我注意到，台湾地区的绘本作家几米，就特别喜欢描绘树林，而他画得最多的树木，就是香樟树。香樟树秀美的树形、茂密的枝叶、富有韵律感的纹路，几乎成了几米绘本里的标志性形象。

其实，香樟树不仅外表有这么美丽的纹路，我们民间的能工巧匠们，很早也发现了香樟树作为优质木材的内在的纹路，其内在的美同样是俊雅无匹的。木匠们也许不知道该怎么形容樟木上那种漂亮的纹路，于是就想到读书人写的文章上去了，他们在“章”字旁加了一个“木”字，就作了香樟树的树名。实际上，美丽的香樟树也真的当得起这个“章”字，它们是大自然的圣手写在大地上的一篇奇异的生命与绿色的华章。

香樟树记（二）

*

毫无疑问，那些落叶的生命，已经在满树满枝的新叶上得到了延续。

我在香樟树林里散步的时候，常常驻足仰望那些高大而秀美的香樟树。慢慢地，我还发现了一个奇特的景象：

通常，许多的落叶乔木一进入深秋或初冬，满树的叶子就会变黄、变红、干枯，然后随着秋风秋雨萧萧凋落，所谓“秋风扫落叶”。香樟树却不是这样。整个秋天和冬天里，那些叶柄细长、表面有着蜡光的樟叶，一直就那么顽强地固守在树枝上，风雨不动，也不改色，总是青青翠翠的样子。一直要等到严冬过后，新的春天重返大地的时候，香樟树也和其他落叶乔木一样，每一根枝条上都长出了更加青翠的新叶，甚至要等到所有的新叶都长齐、长大、长结实了，这时候，开始刮春风了，一夜风起，那些固守了一个漫长的冬天的老樟叶，才会毫不犹豫地、完全放心地、哗啦哗啦地凋落下来，只需一夜工夫，所有的叶子就会全部凋落干净，满树满枝上只留下朝气蓬勃、郁郁青青的新叶。

那些凋落到地上的老樟叶，大都变成了深红色，有如萧萧“落红”，它们会伴着春夏的雨水，化作大树下的泥土和养料。毫无疑问，那些落叶的生命，已经在满树满枝的新叶上得到了延续。

香樟树的树形之美和内在之美，还不止这些呢。

它的树干、枝叶、果实、根皮，时刻都会散发出淡淡的芳香，可以用来提制药用的樟脑和樟脑油。香樟叶和香樟果实的皮、壳、仁都含有油脂，气味芬芳。香樟的油脂是制造香皂、面霜的好原料，据说比棉籽油、花生油的品质还要好。香樟树的树根，尤其是那些刚刚刨出来的老樟树的树根，你随便捡起一块，冲洗干净上面的泥土，放在客厅或卧室的角落里，一年四季都会闻到一种淡淡的、若有若无的香樟气息。这种气息还能驱避蟑螂、蚊子之类的害虫。用香樟木材打制的衣柜衣箱、书柜书箱和画箱等，也是深受人们喜爱的上等家具。

香樟树也是江南各地常见的绿化树、庭荫树和行道树，因为它们的根扎得深，能抗风，树荫巨大如伞，又耐修剪。特别是用作行道树的香樟树，园林工人为了让它们多长枝柯，好给行人遮阴避凉，有时就会有意锯断它们粗大的枝干，使它发出更多新的枝丫，要不了一两个春夏，它们又会变得枝叶茂盛，树荫如云。

香樟树记（三）

*

香樟树实在是一种崇高的树、无私的树、有灵性的树。

香樟树也会开花，只是它太低调了，小小的、浅绿色的花朵，有如小米粒一般微小，在春夏之交，默默地开在每片叶下，很是隐蔽，如果不仔细观察，你根本看不见这些小花朵，而只能闻见它们的芬芳。

当你在香樟树下散步和驻足，或者在长有香樟树的公园里晨练时，香樟树和它的小花朵散发出的淡淡芳香，会送给你更多的惬意。“樟之盖兮麓下，云垂幄兮为帷。合吾民兮将安，维吾侯之康兮乐欣。”唐朝大文学家韩愈的门生沈亚之在他的名文《文祝延二阕》里为香樟树写下的这几句赞语，大概也就是这个意思吧。

到了深秋时节，香樟树上就结满了成熟的、紫黑色的浆果。这些圆圆的果实成了黑椋鸟、灰色丝光椋鸟、鹊鸲、乌鸫、斑鸠和八哥们的美食。一到秋天和冬天，香樟树集中的地方，就会成为小鸟们的天堂和乐园。香樟树不仅给它们提供了取之不尽的美食，更用自己密集的枝叶，为鸟儿们提供了安全的聚会和游戏场所。有时候会有几百上千只黑椋鸟聚集在香樟树林里，尽情地来回盘旋，飞来飞去时简直有点遮天蔽日的规模了。

香樟树也是有名的长寿之树。在江南的一些古老村庄的村口，如果长着一棵树围几抱、冠盖如云的老樟树，那一定是这个村庄的“风水树”，一代代村民必会对它怀有深深的敬畏感。

有的香樟树树龄可达千年以上。在贵州省铜仁市沿河县官舟镇的辽炬村口，就幸存着一株树龄已逾千年的老樟树，粗大的树干需六个成年人手拉手方能合围，树冠覆盖地面一千多平方米。当地村民详细丈量和记录着，这株老樟树至今每年还以一至两厘米的速度增粗，它的庞大的根系已经穿透了好几公里，甚至延伸到了离本村数公里之外的乌江河里。不用说，这株千年老樟树已经成为当地百姓心目中的“神树”！站在这样的老樟树面前，你怎能不心生无限的敬畏？怎能不想到老樟树坚强、隐忍、庞大、深沉的生命根系，老樟树年年岁岁吐故纳新、风霜不摧、不离不弃的宽厚怀抱，不正是古老深厚的故国山河和自强不息的华夏民族祖祖辈辈的精神与灵性所化？

想到这些，我的心里漾起一种崇高和温柔的感情。不用说，我对本来就有无限好感的香樟树，更多了一些敬重感。我没有看错，香樟树实在是一种崇高的树、无私的树、有灵性的树。

少年时代我背诵过老一辈革命家陶铸写的散文名篇《松树的风格》，也读过茅盾的经典美文《白杨礼赞》，至今难忘。如果说树木的品质确有高下之分，树木家族里也有自己的“英模谱”，那么，像松树、白杨树、香樟树，还有生长在南国的木棉这一类树，的确就是一些“不平凡的树”，是一些具有顽强的生命力和崇高的品格，象征了中华民族的伟岸、朴质、坚强和力求上进、自强不息的精神的树。

给树木让路

*

行人走过时，必须给这些小树“鞠躬”或“让路”。

那年夏天，我在美丽的鄂西柴埠溪山区游玩。弯弯曲曲的清江在这里流淌，清江两岸，有秀丽的青山和土家族儿女们居住的漂亮的吊脚楼。

这里的土家族人，十分懂得尊重和珍惜家乡的一草一木、一壁一石。他们虽然在美丽的风景区里都开凿出了弯弯曲曲的上山的小路，可是，路上如果碰到了一根青藤、一棵刺叶栎，或者一株被他们亲昵地称为“女儿红”的黄栌一类的植物时，他们宁肯低头弯腰、侧身绕路走过，也要给这些绿色的树木让路，不使它们遭到任何砍伐和践踏。

我仔细地观察过，这里上山的每一条小路，一旦遇到要从一些树木中间经过时，农民们宁愿把小路修得弯曲一些，绕远一些，也不会破坏小树的生长。在许多地方，一些小树就“大摇大摆”地长在山路的中央，行人走过时，必须给这些小树“鞠躬”或“让路”。

柴埠溪人把所有的动物都称为“牲口”，野生动物就叫“野牲口”。有一些小动物的名字叫得也奇特。有一种喜欢伏在山岩上、足间有蹼、能够在空中飞跃和滑翔的小动物，名叫“催生子”，其实就是鼯鼠。我奇怪，为什么叫“催生子”？一位民俗学家告诉我，原来，当地老百姓相信，鼯鼠的粪便可以入药，治疗孕妇的难产，所以就叫“催生子”。

这里过去有很多猎人。20 世纪 70 年代，这里有一位赤手空拳打死过一只金钱豹的农家少女，名叫陈传香，她的故事曾经闻名全国。那时候我还在家乡读小学，课本上就有她的故事。但那是那个年代的故事。现在，再勇敢的猎人也懂得保护野生动物了。大家都懂得怎样与动物和谐相处，而且在许多事情上要“让”着动物。野生动物们好像也都懂得了，这里的人们已经收起了猎枪，所以它们在山前村后来去自由，一点也不害怕，因为这里也是它们的家园。

当地的农民伯伯告诉我说，眼见得野猪、豪猪、猪獾，还有狗熊，都在田里撒欢儿，却不能打它们，甚至不能惊吓它们，即使狗子追着叫，也不能给狗子助威。这里的农民伯伯还编出了好多有趣的顺口溜：“人均一只猴，户户都发愁”；“美了四条腿的，苦了两条腿的”。这些有趣的顺口溜也从侧面反映出了他们和动物们和谐相处的情景。

“柴埠溪是我们的，也是它们的。”一位从小在柴埠溪长大的小学生告诉我说，“如果我们不想法子保护它们，最后，柴埠溪不是它们的，也不会是我们的呢。”说得多么朴素、多么实在啊！

因此，这里的农民伯伯在农活之外，又多了一件事情：每年从苞谷灌浆到收获回仓期间，得守两三个月的“野牲口”，免得它们糟蹋了庄稼。他们把苞谷也不叫苞谷，叫“野鸡啄”，因为高山上的苞谷长得矮，连野鸡都啄得到。

失去的桑树

*

我只能写下这篇散文，表达我对这棵桑树的惋惜和怀念。

我所居住的东湖路“鸟语林”对面，曾经有一棵巨大的桑树。

每年春天，桑树都会结出满树紫红色的桑葚。虽然树木高大，过路的人一般不太容易采摘到树上的桑葚，但是，只要能站在大树下看看那些紫红色的、诱人的桑果，也很开心。毕竟，城市里像这样高大的、能结出满树桑葚的桑树，是很难得的。所以，我曾多次得意地跟朋友们炫耀，我家住在一棵大桑树的旁边。

之所以会有这种炫耀和得意，是因为我曾经为了给女儿寻找几片小小的绿色桑叶，在这个城市到处奔波过。那时候女儿正在读一年级，我家还没有搬到东湖路上。我把这件事，写在一篇题目是《寻找桑叶》的散文里。没想到的是，几年之后，我家搬到了东湖路上。我意外地发现，我们家竟与一棵高大的桑树为邻了。

可是，好景不长，就在去年，不知什么原因，这棵巨大的桑树，竟然在一夜之间被悄悄地砍掉了！先是只剩下一个粗大的树墩在那里，后来连树墩也没有了。

是谁这么无情？竟然忍心伐倒了这么高大的一棵大桑树？

还我桑树！不，还给大家的桑树！

我曾经满怀愤怒地给城建部门、园林部门、当地的晚报，甚至给市长办公室打过电话，表达了我的惋惜和抗议。最终我得到的解释有两种：一说是为了道路的扩建。而实际上，这棵大桑树根本就不靠近道路，根本不碍着道路什么事。另一种解释更让我啼笑皆非和愤懑无语，说是这棵桑树虽然不靠近道路，但是靠近了一个小区的院子，桑与“丧”音同，院子里有人说，有桑树，不吉利，所以一致要求砍掉它。

“可是它已经在这里活了足有几十年了吧？它的年龄也许超过了我们居住在这里的许多人，你们有什么权利，说要砍倒它就一夜之间砍倒了它？你们……你们还是人吗？你们还给我桑树，还给大家桑树！”我在电话里怒吼着。

对方说不定以为我疯了，就不再说什么，把电话挂了。

我真是欲哭无泪。一棵曾经令我那么得意和自豪的、每年都能结出满树满枝紫红色桑葚的大桑树，就这样从我眼前，从东湖路上永远地消失了。

我从它粗壮和高大的样子来判断，它至少已经生长了二三十年了。历经风雨、艰辛走过二三十年的一棵绿树的生命，一夜间就被粗暴地终结了。愧我无力保护一棵无言的桑树。我只能写下这篇散文，表达我对这棵桑树的惋惜和怀念。

朴树的故事

*

它是朴树里的老精灵，就像龙泉山下的一座“活着的纪念碑”。

我要写的不是那个名叫朴树的歌手，而是我在长江边的龙泉山下一个小村庄里，看见过的一棵长得奇异的老树。

那是一棵苍老的朴树，树龄已近700年了。它是朴树里的老精灵，就像龙泉山下的一座“活着的纪念碑”。

它的主干粗大得需要两个人合围。因为经历了太多的风雨沧桑，身体上留下了奇异的风的形状。它尝遍了大地上的艰辛与苦难，一条条痛苦的老根突出在地面上，就像一条条大蟒。——不，不是大蟒，它们是一条条虬龙在抗争、奔突，宣示着生的苦难、艰辛与不屈。

和这棵古老的朴树连在一起的，是当地的一个动人的传说。

相传在明朝初年，这里的镇子上住着一位勤劳贤惠的寡妇。她生了一个遗腹子，名字叫曾泰。为了悼念她早逝的丈夫，同时也纪念儿子的出生，她在家门口栽下了一棵小朴树。这个男孩和小朴树一起一年年成长着。

夏天，他在树下苦读；冬日里，他时常围着朴树跑步锻炼。他的身体越长越结实，学问也一天比一天好，不久便因才学出众而考取了状元。曾泰后来当了官。因为他为官清廉，爱护百姓，因此深得乡亲们拥戴。他们不约而同地珍惜和守护着伴随曾泰一起长大的那棵朴树。

可是，这件事传到了当时的皇太子朱桢的耳朵里。他害怕曾泰深得民心，因此动摇他的地位，所以就派人来到曾家，蛮不讲理地说，这棵朴树压住了“龙脉”，应该把它砍掉。

乡亲们哪里肯答应，便奋力保护这棵朴树。尤其是左邻右舍的一些婆婆，她们是亲眼看着曾泰和朴树一起长大的，便手挽手围住朴树，决不让歹人伤害它。结果，婆婆们被恶人砍倒了，鲜血染红了树下的泥土，可她们还紧紧地抱住朴树不放……

朴树终于被保住了。正是因为这些善良仁义的婆婆的鲜血浇灌，朴树长得更加茂盛。它的每一条根都像一条精壮有力的手臂，带着不可遏止的力量挺出地面，仿佛要紧紧地去拥抱树干，护卫着它，不让它受到任何伤害。

因为这段悲切的故事，当地人又称这棵朴树为“婆婆树”。

这是一棵不死的千秋之树。它是仁慈、正义和善良的化身。它植根在民间，植根在民心，植根在大地厚土之中。在它的四周，是用不着围起什么栅栏来保护它的。能够保护它穿越岁月沧桑而不受伤害的，没有任何别的东西，唯有一代代人的良知、敬意和感恩的深情。

青青橘树林

美丽的“鸽子树”，是值得我们每一个中国人自豪的珍稀树种。

橘林青青的初夏时节，我来到长江西陵峡口一带山区采风。

这里是伟大的爱国诗人屈原的故乡，也是汉代“出塞和亲”的楚国美女王昭君的故乡。

在这一带，我看到了一种高大美丽的观赏树，它们的学名叫“珙桐”。珙桐是世界上现存的最古老的树种之一，在世界其他地方都已经绝迹，唯独在鄂西北山区以及神农架林区才能见到。因为珙桐树花片洁白，看上去就像一群群白色的鸽子在树上展翅起舞，所以，它还有一个美丽而又响亮的名字叫“中国鸽子树”。美丽的“中国鸽子树”，是值得我们每一个中国人自豪的珍稀树种。

当地还流传着一个美丽的传说：很久很久以前，有一位漂亮的白鸽公主，爱上了一个农家的小伙子。可是，狠心的皇帝不准他们相爱，就派人把小伙子赶进了深山老林里。当善良的白鸽公主追寻到了深山时，小伙子已经变成了一棵挺拔的大树。于是，公主伸开双臂，扑向大树。就在那一瞬间，她化作一朵朵洁白的鲜花，像一只只展翅的白鸽一样，栖落在了树枝上。两个真诚相爱的人的生命，永远地结合在了一起……

美丽的鸽子树，中国的鸽子树，使我想到许多忠贞的华夏儿女，不也都像这珍贵的鸽子树一样，苦恋着自己的家乡，热切地守望着自己故国的大地吗？

王昭君出生的那个位于兴山县的小山村，原名宝坪村，后改名为“昭君村”。这个小村子背靠高高的纱帽山，面朝清清的香溪河，是一个山水明媚、令人向往的地方。昭君村里有望月楼、梳妆台、昭君井等，这是王昭君少女时在家乡望月、梳妆和打水的地方。

流过村边的那条清澈的小河，是昭君经常洗衣裳和梳洗的地方，相传小河就是因为昭君才变得格外清亮和芬芳的，所以，后来的人们叫它“香溪”。香溪水里有一种美丽的小鱼，叫“桃花鱼”，只在每年春天桃花盛开的时候才出现，别的地方从来也看不见。人们传说，桃花鱼是王昭君告别故乡、远去塞外时流下的泪珠化成的。

啊，小小的、美丽的桃花鱼，在清清的小溪里游来游去，就像昭君对故乡无尽眷恋的身影，也像昭君留在故乡的美丽的倩影。

无论是在秭归还是在兴山，在深深的山谷间，在沿江的山坡上，除了高大的珙桐，到处可见的还有一片片青青的橘树林。五月端阳时节，橘林青青。到了八月中秋之时，就会是满山满坡的橙红橘绿。

我在秭归漫游时，看着满山青青的橘林，不由得会想到屈原的《橘颂》：“后皇嘉树，橘徕服兮。受命不迁，生南国兮。深固难徙，更壹志兮。绿叶素荣，纷其可喜兮。……”诗人心中的橘树的品性，不也正如这片土地上独有的珍稀树种“中国鸽子树”吗？

秋天的小树林

*

秋天来了。好像她正在开满野花的小山坡上散步。

秋天来了。她给每一片小树林，都穿上了红色和金色的衣裳。好像每一条山路，都铺满了红色的树叶、金色的阳光。

秋天来了。好像每一棵大树和小树，都变成了红蜡烛一样。大树像大蜡烛一样，小树像小蜡烛一样。

秋天来了。好像每一片山谷和树林，都在举办热闹的露天舞会。山谷在跳舞，树林也在跳舞。

秋天来了。她给小松鼠、小刺猬、小獾和果子狸……送来过冬的礼物，有松子、橡子、豆荚、草籽，还有红红的小野果。

秋天来了。她给大雁和候鸟，送来飞向温暖的南方的“旅行护照”。再见啦，大雁。再见啦，小鸟，祝你们一路平安……

秋天来了。小稻草人站在田野上，目送一队队雁阵飞向南方，小小的、破旧的衣衫，在风中飘荡……

秋天来了。她用马车给马儿、牛儿、驴子和山羊，送来清香的干草，也给辛劳的农民伯伯，送来田野和果园丰收的喜报。

秋天来了。她给山村的孩子们送来甜甜的金樱子、野山楂和小红枣，她在农家的屋檐下，挂上一串串金黄的玉米，还有像火焰一样的红辣椒……

秋天来了。好像她正在开满野花的小山坡上散步。一切成熟的植物和野果都低着头，对着大地深深感恩，默默不语。好像每一朵小小野花，也都想把她留住。一朵小野菊，好像张着小嘴巴，正在对她羞涩低语：什么时候，你再回来呀？你会不会忘了，回家的小路？

秋天来了。好像每一棵苹果树，都在讲着自己的故事。你有没有听见，许多成熟的豆荚、苍耳和菟丝子……都在发出“嘿嘿嘿”的笑声？

美丽的乌柏树

*

乡亲们对乌柏树也总是怀着感恩的情谊。

英山县，是坐落在大别山脚下、属于鄂东山区的一个美丽的小县城，也是发明活字印刷术的中国古代发明家毕昇的家乡。

小县城郊外，有一条南北走向的清清的河流，叫西河，发源于大别山主峰天堂寨。自古以来，英山有“西河十八湾”的说法，意思是说，西河自深山中蜿蜒流来，弯弯曲曲，起起伏伏，一路多的是河谷和河湾。

我多次去过英山县。每次去都会特意跑到西河岸边，只为了去看一看那些形姿美丽的乌柏树。

西河两岸长满了乌柏树。初夏的时候，乌柏树的一张张菱形的叶子郁郁青青的，闪着蜡光。一些老乌柏树，看上去就像一把把撑开在河边的大绿伞，可供来来往往的挑夫、砍柴人、摆渡人，还有那些挑着担子做点小买卖的人歇歇脚、乘乘凉。

也许是因为今年炎热的日子来得早，乌柏树算错了开花的日子，所以有不少花穗，已经在密密的枝叶间迫不及待地绽开了。

乌桕满树的叶子，一到秋天就会变成深红色、橙黄色或琥珀色，特别是霜降之后，有的叶子会变得比深秋的枫叶还要红艳、还要俊美。所以，中国的山水画家、花鸟画家们，常常把美丽的乌桕树影画进画里；古代的诗人们写下了不少赞美乌桕的诗句，例如：

梧叶新黄柿叶红，更兼乌桕与丹枫。
只言山色秋萧索，绣出西湖三四峰。（宋代杨万里）

红叶秋山乌桕树，回风折却小蛮腰。（南朝无名氏）

家住枫林罕见枫，晚秋闲步夕阳中。
此间好景无人识，乌桕经霜满树红。（清代徐定超）

西洲在何处？两桨桥头渡。
日暮伯劳飞，风吹乌臼树。（南朝乐府）

乌桕赤于枫，园林九月中。（宋代陆游）

乌桕树在炎热的夏季里开花，到了秋天，花穗上会结出一串串乌桕果，也叫白蜡果。因为乌桕籽的外面包着一层白蜡，当地百姓也把乌桕树叫蜡子树。

乌桕树长在河边，其实还有一个鲜为人知的“秘密使命”，就是它能给河里的鱼儿们“治病”。原来，不知是乌桕树的树汁还是叶子或果实里，含有某一种药性，乌桕的树叶飘下来，果实落下来，掉进了河水里，鱼儿们吃到了，就不会得烂鳃病、烂肚病和白头白嘴病啦。

乌桕树除了有美观的形姿，有给鱼儿们治病的药性，它身上的乌桕蜡还可以做肥皂、胶片、蜡纸的原料；从乌桕的种子里榨出的清油，是制造高级喷漆的原料。因此，乌桕树和油茶树、油桐树、核桃树一起，被称为我国的“四大木本油料植物”。

无论是在大别山下的英山县西河两岸，还是在江南的湘鄂赣一带的乡村里，几乎每一条河边，都能看到乌桕树的影子。乡亲们对乌桕树也总是怀着感恩的情谊。

“大树妈妈”

她决心要尽自己最大的能力来保护那些不会说话的大树……

在我国美丽的宝岛台湾，有一位很有名的阿婆，名叫谢粉玉。她既勤劳又善良，人们都称她为“大树妈妈”。这是为什么呢？

原来，有一年，谢阿婆到欧洲和新加坡、日本等地旅游时，看到那些国家的乡村公路两旁，还有城市的街道上，都长满了高大的树木。那些树木好绿、好美，人们每天都生活在银亮和碧绿的大树身旁，就像生活在美丽的大自然中间一样，那是多么快乐和幸福。

回到台湾后，谢阿婆却经常看到一些大树被任意砍伐，有的田野四周常年光秃秃的。每次看到这种情景，阿婆的心里都很难受，好像砍树的斧头砍在自己身上一样。从此，阿婆对树木渐渐有了深厚的感情。她决心要尽自己最大的能力来保护那些不会说话的大树，同时，也要用自己的努力，去唤醒更多的人爱护自己的城市和家园，爱护身边的绿树。

为了实现这个美好的愿望，她拿出了自己多年节约下来的积蓄，又到银行贷了一部分款，在城外买了一块土地。只要她得知哪里有大树即将遭到砍伐，她就会尽快赶到那里，想办法说服当地的人，保护那些大树；或者自己出钱买下这些面临危险的大树，把它们移植到安全的土地上去。

至今，谢阿婆已经救活了2000多棵大树，有樟树、枫树、乌桕树、榕树、尤加利树等。这些大树里还有不少是有着上百年树龄的珍贵老树呢!

谢阿婆用自己的爱心保护大树的事情，很快就被人们一传十、十传百地传开了，当地人都称她为“大树妈妈”。

“大树妈妈”自豪地说：“每当我救下一棵大树时，我好像都能听见大树对我说话：‘谢谢！谢谢你救了我们！’”

当人们问到她现在的心愿时，“大树妈妈”说：“现在，我最希望的是，能有更多的人成为‘大树爸爸’和‘大树妈妈’，或者成为‘大树兄弟’和‘大树姐妹’。我多想建立起一座很大很大的大树公园，把所有的树木都一一保存下来，让每一个华夏儿女，让地球上的每一个人，来到这个公园里时，都能听见大树唱歌……”

亲爱的孩子们，我们每一个人不是都在盼望和期待着，我们未来的生活环境能变得更加美好吗？那么，就让我们从小也像这位“大树妈妈”一样，做一名“大树弟弟”或“大树妹妹”好吗？只要我们大家一起努力，都来细心地爱护身边的绿树，我们的家园，我们的城市，我们的村庄，甚至我们整个地球，就会变得更加翠绿、更加美丽的。

我爱每一棵小树

*

小树们的每一片叶子上，都闪耀着迷人的生命的光芒。

新月像一只弯弯的小船，在白莲花般的云层里缓缓穿行。

这是一个宁静的秋夜。暖暖的夜风，带我在校园的灯影里和树荫下散步。微风从远方吹过来，带来一阵阵淡淡的桂花香，带着路边草丛里的虫儿们细细的歌唱。我敞开衣襟，我觉得我是向着这美丽而静谧的一切，敞开了我的年轻的心……

白天里看到的那排小叶女贞树，在夜色里显得更加秀丽娴静。新月的微光洒在小树们洁净的身上，像新鲜的牛奶一样。我看见，小树们的每一片叶子上，都闪耀着迷人的生命的光芒。

脚下的小路是松软的，它们弯弯地向着远方伸去。这是孩子们自己修筑的小路，小叶女贞树也是他们在春天的小雨里亲自栽植的。

他们每天唱着、笑着，从这条小路上走过。他们一定还幻想过，要沿着这条小路，走出童年的校园，一直走向他们所向往的大海、高山、草原，还有绿色的大森林……去寻找那神奇而美丽的地平线与海岸线……

是啊，这些像小鸟一样快乐的孩子，都将在这里度过他们美丽的童年时代。

那么今夜，孩子们会做一些什么样的梦呢？

遥看着像宝石一样闪烁的星空，我好像看见了孩子们的未来，也听见了他们撞响明天的一阵阵脚步声。我知道，大地上，他们是祖国的希望之花；天空中，他们就像满天的星星一样，交相辉映，闪烁出自己的光芒。

我爱每一棵小树。我爱每一片绿叶。我也在心里祝福我们每一个孩子。

柿叶和银杏叶

*

银杏叶有着长长的叶柄，看上去像一把打开的小折扇……

柿子树叶到了秋天，就会变成通红通红的颜色，远看就像火红的枫叶一样。不，比枫叶还要红，而且比枫叶厚大有光。柿叶一变红，我们就开始去捡柿叶了。

柿树是很长寿的树。不过鸟雀可不喜欢在柿树上筑巢。因为柿叶有防虫的功效，鸟儿把巢筑在柿树上，不容易就近找到虫儿吃。鸟雀们当然有选择在哪里筑巢的自由啦，它们的选择还有一定的科学道理呢。

柿叶可以加工成牲畜的饲料。如果把柿叶夹进书里，可以防虫蛀。所以用柿叶做书签，不光好看，还可以保护图书。

银杏叶也可以做小书签。银杏叶有着长长的叶柄，看上去像一把打开的小折扇，非常精致、美丽。银杏叶在春天和夏天里是翠绿色的，一到秋天，便纷纷变成了金黄色，阳光一照，金黄透明。更奇怪的是，银杏叶不但不会被虫蛀和染病，而且被秋风吹落后，很长时间都不枯萎变形。

秋风吹起的时候，到银杏树下去捡拾一些金黄色的落叶，夹进书本里，就是一枚枚天然的、漂亮的书签啦！如果把这样漂亮、精美的书签当作小礼物送给老师和同学，不是也蛮高雅有趣的吗？

我们的田野

*

我们这一代从小生活在乡村的孩子，却是吃着四季的野菜长大的。

“我们的田野，美丽的田野，碧绿的河水，流过无边的稻田。无边的稻田，好像起伏的海面……”纯真的童声合唱又把我带回到了童年时代的田野上。这是北方三月的田野，鹁鸪和燕子又从南方飞回来了。想起田野，我不能不首先想起那些青青的野菜。那些野菜，现在生活在城市的孩子们不仅不曾吃过，也许连看也不曾看见过，更不用说去剜野菜了。然而我们这一代从小生活在乡村的孩子，却是吃着四季的野菜长大的。清苦而甘美的野菜，喂养了我们贫瘠的童年；十分不起眼却又无比嫩绿的野菜，生长在我们记忆的田野上。这是大地母亲默默的恩赐。我们感谢乡村的田野，感谢田野上生生不息的野菜，并且在离开了乡村之后常常怀念野菜。这是我关于“我们的田野”最美好的记忆。

灰灰菜

你有过剜灰灰菜的记忆吗？灰灰菜是北方田野上最普通的一种野菜，总是成片地生长在荒坡或耕地里，农民们称它们是“贱菜”。其实它有自己的学名，就是我们常说的“藜”。它的花穗和嫩苗都可以当蔬菜吃。司马迁的《史记·太史公自序》里说：“粝粱之食，藜藿之羹。”藜藿，就是灰灰菜。如果你仔细品味，会尝出灰灰菜的味道里有一点儿碱味，那是泥土的味道。灰灰菜的叶很奇特，顶端的嫩叶总是粉红色的，而叶子背面有一层灰绿色的粉末。我国北方的山岭间有很多灰灰菜。春天是灰灰菜最嫩的季节。小时候，春天的下午我们一放了学，就会挎着竹篮到田野上去。干什么呢？当然是去剜肥的灰灰菜啦。

马齿苋

不知道为什么，我们那里的农家，把马齿苋又叫作“蚂蚱菜”。难道马齿苋是蚂蚱特别喜欢吃的野菜吗？

春天来了，马齿苋发芽了。路边、荒地、山坡上，都能找到马齿苋。马齿苋的茎是紫红色的，又肥又嫩；叶是圆形的，厚厚的，嫩嫩的。挖起一株马齿苋来拿在手上，会感到沉甸甸的。

马齿苋洗净了，用开水烫一下，切碎，可以凉拌着吃；也可以洗净晾干，放到冬天，再泡开，剁碎，包包子吃。马齿苋是凉性的野菜，吃起来有点酸味儿。马齿苋还可以切碎用来喂画眉鸟。据说，画眉鸟总是不停地唱歌，容易上火，吃了马齿苋就可以清火了。

马齿苋的花瓣很小，看上去像一个个小小的圆囊。夏天，马齿苋开花了，我们有时捉到了知了，就会用两片小小的马齿苋花瓣扣在它的两只眼睛上——马齿苋花瓣套知了的眼睛正合适，然后一撒手，知了就拼命地往天空里飞，一直飞到看不见。不过，现在懂得了，这样做是对知了的一种残酷的伤害，知了又没招你惹你，干吗要这么害它们？可惜，这样的意识是到我稍微长大一点后才有的，当然，我从此再也不会去伤害知了了，更不希望任何小孩去干这样的“恶作剧”。

枸杞头

春天的早晨，尤其是下了一场小雨之后，小街上就会传来叫卖枸杞头的声音。卖枸杞头的大都是小姑娘，她们的声音又脆又亮，像唱歌一样：“卖枸杞头哎——卖枸杞头哎——”鲜嫩的枸杞头就放在她们的竹篮子里，枸杞头的嫩叶上还带着晶亮得雨点儿呢。

枸杞是春天的野地里一种常见的植物。把它的嫩茎头掐下来，便是可以当野菜吃的枸杞头了。枸杞头很容易采到，在春天的田野上、小路边，一会儿就可以采摘到一堆。春天吃枸杞头，可以清心败火，味道也很清香。枸杞头可以炒着吃，也可以切碎，加香油凉拌了吃。枸杞一到夏天就会开花，开花后结出许多小小的红色浆果，像小小的红玛瑙一样。这些小小的、卵形的红果实就叫枸杞子，农民们又亲切地叫它“狗奶子”。枸杞子可以做中药、泡酒或煮汤喝，是一种土生土长的补品。

荠菜

民间有句谚语说：“到了三月三，荠菜赛牡丹。”每年农历三月初三大清早，妈妈和奶奶会到田野上去采一些青嫩的荠菜回来，洗干净，用它煮鸡蛋给我们吃。妈妈说，小孩子吃了用荠菜煮的鸡蛋，一年四季就不会肚子疼了。

荠菜，又叫地菜或地米菜，是一种非常好吃的野菜。荠菜的味道清香、鲜美，可以凉拌吃，也可以用来剁馅儿，用来包饺子或春卷。用荠菜做的春卷是非常好吃的。现在，有经验的菜农们，已经将本来是野生的荠菜培育成了一种棚内蔬菜，一年能供八个月之久呢。不信你到城市的菜场上去转转看。只是，你可要认准了，哪种绿菜才是真正的荠菜。

香椿芽

香椿芽不是长在野地里的野菜，而是香椿树在早春时节长出的幼芽和嫩叶。不过，它可以当野菜来吃。香椿芽吃起来清香可口。农人们说："房前一棵椿，椿菜常不断。"从清明到立夏前这段日子里，香椿芽可以多次采摘，越是采摘得勤，它越长得丰盈。

和香椿树的样子长得很像的，还有一种臭椿树。臭椿树叶总是散发着一股淡淡的臭味，当然是不能吃的。而且，臭椿树也不像香椿树那样高大，树身长不高，更长不成材料，只能砍下来当柴火烧。

榆钱儿

榆钱儿，也不是长在地里的野菜，而是榆树在春天里长出的嫩果。初春时节，老榆树的叶子还没有长出来，花却先开了，一簇簇地开在老榆树的叶片下，不久便结出带有圆翅的果实。

榆树果儿在圆翅的当中，看上去好像古时候的铜钱，所以农人们就把它叫作“榆钱儿”。

榆钱儿一串一串地挂满枝头，黄绿鲜嫩，可以摘回家当菜吃，味道清甜芬芳。不过，榆钱儿寿命很短，成熟后一个月左右就不会再发芽了。成熟了的榆钱儿就不好吃了，不过可以捡来做成“榆钱儿项链”戴着玩儿。除了榆钱儿，榆树的皮也可以剥下来，晒干，磨成榆皮面粉。榆皮面和小麦粉面混合在一起，可以做成馒头吃，吃起来也很香。

从前遇到饥荒的年月，农民们都吃过榆钱儿或榆皮面。小时候，我也多次吃过奶奶和妈妈采回来的榆钱儿。现在生活富足了，很少有人再去吃榆钱儿和榆皮面馒头了。不过，如果你看到刚刚结出的嫩绿的榆钱儿，也可以摘一些吃一点儿，尝尝味道怎么样，然后还可以得意地告诉别人说：“没错，我也吃过榆钱儿。”

苦苦菜

苦苦菜总让人想起那些苦命的小女子。

我的妈妈是一位善良能干的农家妇女，去世前唯一想吃的东西，竟然就是苦苦菜。那是一个寒冷的冬天，苦苦菜还在大雪下埋着。在妈妈生病的那些漫长和艰难的日子里，我幼小的心中总是怀着这样一个信念：苦菜花开了的时候，妈妈的病就会好起来的！为此，我几乎是天天一个人跑到村外，在大雪天里，在荒凉的山野上，仔细地寻找着、挖刨着我妈妈所想念的苦苦菜。

终于有一天，我在一块背风处挖到了一簇刚刚露出小芽的苦苦菜根。我欣喜地捧着它们往家里跑。但妈妈没能看到和吃到我挖回来的苦苦菜根，便永远地闭上了双眼。苦苦菜没能挽救妈妈的生命，她带着一生的劳苦去了那个阴冷的地方。

《诗经》里说“采苦采苦”，指的就是采撷苦苦菜。苦苦菜的根、叶、花、茎都可以吃。清心败火，苦中有香。金色的苦菜花也很美丽。有一首歌就这么唱：“苦菜花开遍地黄……”那是一种朴素的美，像金色的星星装饰着大地母亲的襟怀。农人们都喜欢它，不论是小孩子、老奶奶还是小媳妇。苦菜花用自己朴素的美丽赢得了人心。雍容华贵的花，不一定人人都会喜欢。而且更重要的是，苦菜花从不嫌弃土地贫瘠，山野角落到处都是。越是荒凉的地方，它们越开得旺盛，因而也格外耀眼，格外令人心疼。苦苦菜有着最顽强的生命力，即使在被春天遗忘的角落，也照样生根、开花，苦恋着大地，年年岁岁，无怨无悔。

重阳节插茱萸

茱萸的小核果气息芬芳，能治寒祛毒，可除虫防蛀，民间还认为它能“避邪”。

唐代诗人王维在《九月九日忆山东兄弟》一诗中写道：

独在异乡为异客，每逢佳节倍思亲。
遥知兄弟登高处，遍插茱萸少一人。

九月九日，是中国一个传统佳节——重阳节。古人过重阳节，有佩插茱萸、赏菊花、饮菊花酒、登高望远的风雅习俗。细究起来，其中的每一个习俗，都是独特的“中国故事”。

茱萸，又叫越椒、山茱萸，属于芸香科的一种落叶小乔木。茱萸树可以长到半人高，春天里开紫红色的小花朵，秋天结出枣红色的小果实，由黄变紫。

屈原在《离骚》里写到了它：“椒专佞以慢慆兮，榝又欲充夫佩帏。”

这里的“椒”就是花椒，“椴”就是茱萸。诗中的意思是以这些特殊的植物，比喻不同类型的人物吧。

在古人眼里，茱萸是香料，是药材。《本草纲目》里说：“吴茱、食茱乃一类二种。茱萸取吴地者入药，故名吴茱萸。”吴地，就是现在的江苏、浙江、安徽一带。曹植的诗《浮萍篇》里有句：“茱萸自有芳，不若桂与兰。”隋朝江总的《宛转歌》里说：“菤葹摘心心不尽，茱萸折叶叶更芳。”茱萸的小核果气息芬芳，能治寒祛毒，可除虫防蛀，民间还认为它能“避邪”。所以，重阳节佩插茱萸，有祛毒、避邪的寓意。

记得少年时，每当重阳时节，秋收的农活差不多快要忙完了，此时也正是山上的野柿子、野酸枣和各种野生植物的块根成熟的季节，乡村孩子们一放了学，就纷纷上山采集野果，挖取各种植物块根。我们把这叫作“重阳小秋收”。虽无文人学士们的风雅诗意，但也有自己实实在在的小收获。

岁岁重阳，今又重阳。登高望远，秋空爽朗。风露萧萧木半黄，听得秋声忆故乡。不知故乡山冈上那红玛瑙般的茱萸果和野酸枣，还有故园篱下的野菊花，是否还在等待一个未归的人。

芭茅草的花穗

*

一丛丛、一片片坚韧的芭茅草，年年回黄转绿，死而复生。

秋已深了，金竹尖山岭上的一草一木，都被晒染得金黄和通红。枫树、柞树、黄栌，野樱、野板栗和野柿子树，还有各种叫不出名字的矮小灌木的叶子，都在秋阳下变成了绚烂的深红色、金黄色和琥珀色。这时候，漫山遍野的芭茅草，也被阳光晒得像干透了一样，宝剑似的秸秆和叶穗，森严地挺立在深秋的山岭上，仿佛在用决不屈服的身姿和风骨，宣示着生命的坚韧与顽强。

金竹尖一带的乡亲们，把芭茅草也叫作“芒竿草”或“霸王草”。这是因为，芭茅草的生命力十分顽强，即使是在土壤瘠薄的山岭上也能旺盛地生长和开花。它的根茎在地下横走，四处蔓延，根子扎得很牢固，相互纠缠呈网片状。每一根细长的茅根，都像坚韧的竹节一样。芭茅草一丛丛、一片片，“结伙抱团”地生长，看上去真的是“霸气”十足。有芭茅草生长的地方，别的草木几乎无法生长。这样说来，叫它们“霸王草”，也是名副其实。

民间还有“芭茅养虎”的说法。意思是说，高高的、密匝匝的芭茅草丛，是老虎和山豹们卧荒藏身的好地方。现在，金竹尖的山岭间早已经没有了老虎和山豹的踪影。但是，一丛丛、一片片坚韧的芭茅草，年年由黄转绿，死而复生。在晴朗的深秋里，一秆秆、一团团花穗又变得洁白如云；在绯色的晚霞里，芭茅草的每一枝花穗，又像一支支点燃的火炬，照耀着金竹尖下、松树冈上和草丛深处的寂静的暮色……

洁白的芦花

*

一层层、一团团，远远望去，就像白云落在了田野上和池塘边。

秋天来了，风高气爽，高高的芦竹叶子和穗子开始泛白和干枯，大片大片洁白的芦花，在秋风中飞舞着，交织成密密的一层层、一团团，远远望去，就像白云落在了田野上和池塘边，又像洗衣的农妇在那里晾晒着一片片洁白的被单一样……

小时候，我听老祖母讲过一个伤心的故事，说的是一个穷人家的苦孩子，因为妈妈死得早，爹爹又为他找了个后妈，后妈不久也有了孩子。可是，两个孩子在后妈那里的待遇却那么不同。

冬天里，两个孩子一起去帮爹爹耙地，后妈生的孩子因为平日里吃得饱、穿得暖，所以格外有力气；亲妈生的孩子却又饿又冷，一点儿力气都没有。爹爹不知内情，还以为他在偷懒，一鞭子挥过去，正好把苦孩子的棉袄打开了花。于是，爹爹看见，从苦孩子那看上去厚厚实实的棉袄里飞出的，是一团团白色的芦花。原来这是偏心的后妈把本来应该给两个孩子做棉衣的棉花，都絮进了自己亲生孩子的棉衣里。

从此以后，我对芦花有了一种深刻的记忆。长大后从古书上又读到一个故事，和老祖母所讲的有些相似。说的是一个叫闵子骞的人，幼小时，遭到了后妈的虐待，寒冷的冬天里，后妈也是用芦花充当棉花，给他絮进了棉衣。他的父亲知道后，十分气愤，想把后妈赶出家门。子骞知道后，就跪下请求父亲说："虽然母亲给我絮了芦花棉衣，好在只有我一个人会受冻，可是，如果您赶走了母亲，那么她生养的那两个弟弟，从此也穿不上暖和的棉衣了。"父亲于是就放弃了赶走这个后妈的念头。因为有了这样的故事，过去人们还以"芦花衣"作为孝子的典故。

芦花，就是芦竹在夏秋季节里盛开的白色花絮。芦竹一般生长在池塘边、河畔、田埂和路边，和芭茅草、芦苇、蓼花、野菊花、风信子等野生植物为邻，与螽斯、蟋蟀、蝗虫、螳螂、蜘蛛和各种各样的小甲虫为伍。春夏时节，芦竹疯长，抽穗和开花以后，成片成片的，就像田野上竖立的挡风的屏障。

在我的故乡，晚秋时节，农人们会把高高的芦竹齐根收割下来，用它们搭盖茅屋或编织成晒席一类的用具。收割之后暂时还没有运回村庄的芦竹，被捆成一捆捆的，竖立在秋日空旷的田野上，有时也被搭盖成田野、路边的最简易的茅棚，供过往的路人躲避风雨和稍作休憩之用。

在炊烟升起、鸟雀归林的傍晚时分，在清冷、疲惫的风雨过后，在任何一片旷野上，在任何一条乡村道路边，一个小小的芦棚，胜过世界上最华美和最昂贵的旅馆。它们温暖和朴素的门是向任何一位过路人免费敞开的，而保护它们、支撑它们永不倒塌的，没有任何别的东西，只有人们的感激和敬意。

菱角和菱花

*

菱荷花丛中，小船荡悠悠；水乡小儿女，歌笑声琅琅。

有个笑话，讲的是一个山里的秀才，到水乡去做客。水乡的朋友请他吃菱角。他自作聪明地说：“真好吃，真甜，我在家里一日三餐都离不开菱角。”朋友问他：“贵地也出菱角吗？”秀才说：“出呀，满山满坡都是！”朋友于是哈哈大笑起来。

类似的笑话还有一个“版本”，大同小异：有个出生在北方、不认识菱角的人，到江南去做官。主人端来一盘子菱角，这位老兄竟然连菱角壳一起放进嘴里嚼了。有人告诉他说：“吃菱角，须先去掉菱壳，再吃里面的菱角米。”那人为了掩饰自己的无知，就说：“我晓得的，我晓得的，我连壳一起吃，想用它清热解毒。”人家又问道：“北方也有这种东西？”他回答说：“前山后山，哪块地没有呢？”朋友于是也哈哈大笑起来。

原因就是，这两位老兄都是不懂装懂，压根儿就不知道，菱是一种长在水里的植物，菱角是结在水里的果实，吃菱角得剥开坚硬的菱角壳，吃里面的菱角米。

菱的根生在泥里，叶子浮在水面上。它的叶子像一个个小三角，边缘还带着一些小齿。一到夏天，菱就开出白色的小花。菱花很小，花谢了，花蒂就落入水中，慢慢结成了菱角。菱花会在盛开后一个月左右，结成嫩嫩、青青的小菱角。经过65天左右的生长，青嫩的菱角壳颜色变深了，菱角也就成熟了。

成熟的菱角弯弯的，像两只小小的牛角连在一起。菱角由青绿色渐渐变成褐色或紫黑色的时候，水乡的人们便可以开始采菱了。

采菱，一定是水乡人家的一件很美、很有“诗意”的农活儿。菱荷花丛中，小船荡悠悠；水乡小儿女，歌笑声琅琅。古代的诗人为我们留下了多少描写采菱的优美诗句！

涔阳女儿花满头，毵毵同泛木兰舟。
秋风日暮南湖里，争唱菱歌不肯休。

（唐代戎昱《采莲曲》）

绿竹含新粉，红莲落故衣。
渡头烟火起，处处采菱归。

（唐代王维《山居即事》）

柳花飞入正行舟，卧引菱花信碧流。
闻道风光满扬子，天晴共上望乡楼。

（唐代李益《行舟》）

岸远闻潮波，争途游戏多。
因声赵津女，来听采菱歌。

（唐代徐坚《棹歌行》）

风波不信菱枝弱，月露谁教桂叶香。
直道相思了无益，未妨惆怅是清狂。

（唐代李商隐《无题》）

官壕水落两三痕，正是秋初雨后天。
菱荇中间开一路，晓来谁过采菱船。

（宋代杨万里《七月既望晚观菱壕》）

溪友相呼上钓舟，藕花菱叶思悠悠。
好诗已在前山寺，写放参寥石井头。

（宋代周文璞《夏日偶题》）

菱花、菱叶、菱角、菱歌、菱船……除了常在古诗中遇见，还有一些女孩起名字，也喜欢用“菱”字。《红楼梦》里有个喜欢写诗、跟着黛玉学诗的女孩，就叫“香菱”。《镜花缘》里也有不少女孩子的名字里也有“菱”字。我写过一篇散文《红菊和红菱》，主人公是山村姐妹俩，妹妹的名字就叫“红菱”。有一位年轻的儿童文学女作家，本来的名字叫赵玲，显得一般般，后来改成“赵菱”，不仅名字顿时变得美丽了，小说和童话也越写越“水灵”了。古代女孩子每天起来装扮自己用的镜子，称为“菱花镜”，也瞬间会让人联想到人面、菱花相互媲美、相互映照的画面。

我的家乡在山里，不出菱角，但夏秋时节，在集市上也能买到从外地运来的菱角。小时候，每当买到了弯弯的菱角，我们从来舍不得弄碎它，而是在菱角中间穿一个小孔，做成一个菱角项链，挂在胸前。要不就小心翼翼地掏出里面的菱角米吃掉，用菱壳做一只菱角小船拿着玩儿——竟然也能玩得津津有味！

爱此荷花鲜（一）

*

小小的、温暖的池塘，就是我们的水上乐园。

夏至一过，满湖满塘的荷花，就一边盛开，一边结出高挺的莲蓬来了。这是大地和水的恩赐，是大自然母亲用她灵巧的圣手，给我们创造了如此清秀、如此纯洁和风雅的夏日植物，我们怎能不怀有深深的感恩之情呢！

家住洞庭湖以北、长江之南，一年四季都在蒙受着湖水的润泽。众多的湖泊，在荆楚大地上星罗棋布。

有上万个湖泊，一到夏天，就会有万湖荷花盛开。清亮的湖水映照着蓝天白云，碧绿的荷叶，粉红和粉白色的荷花，青嫩的莲蓬，在夏风中轻轻摇曳，向远处传送着清新的菱荷芬芳，许多的湖面上还有白帆点点、渔歌声声，不远处就是一片片将要成熟的稻田……哦，请想象一下吧，这就是我们的江南，江南乡村的夏天。

“江南可采莲，莲叶何田田！鱼戏莲叶间：鱼戏莲叶东，鱼戏莲叶西，鱼戏莲叶南，鱼戏莲叶北。”

“田田”是指荷叶铺展、生长茂盛的样子。真是不能不敬佩古人精准而又简约地写景咏物的诗才。这首汉乐府，或许只是荷塘采莲人的信口游戏之作，未必刻意为之，却把夏日江南田野间的生活气息与欢乐场景，呈现得如此明朗鲜活，使人仿佛身临其境。这还仅仅是一首民歌呢！有人说，诗中的前三句，也许是领唱者唱的，“鱼戏莲叶东”以下四句，应该就是众人的唱和。我觉得是有道理的。古代人还喜欢称荷为“莲”。这是因为“莲”与“怜”同音，怜就是怜惜、怜爱的意思。南朝乐府《西洲曲》里的几句：“采莲南塘秋，莲花过人头。低头弄莲子，莲子清如水。”其中已有爱莲的文人情怀了吧。

每到夏天，我就格外想念乡野阡陌间那些长满绿色荷叶、开着粉色荷花的湖塘，想念那些飞叫着成群的禾花雀和山雀子，散发着清新的稻花香的稻田和小村庄。20 世纪 70 年代末，我少年时代时，跟随家人从北方来到鄂南农村生活了好几年。那里属于湖区农村，一入夏天，田野间的池塘里就开满了荷花。不久，荷花谢了，一枝枝莲蓬也高高地挺了出来。这时候，也是我们这些乡村少年的“狂欢节”到来的日子。头上倒扣着硕大的荷叶，划着自己扎起的简易小竹筏，水性好的，就直接在荷叶中间钻来钻去……干什么呢？当然是去采摘莲蓬啦！

小小的、温暖的池塘，就是我们的水上乐园。碧绿的荷伞为我们遮阴；夏日的大雷雨洗刷着我们满身的汗水和泥土；每一个池塘里不算太多的莲蓬喂养着我们，帮我们度过了当时的许多个饥饿的日子。温暖的池塘像妈妈的胸怀一样，佑护着和爱抚着我们正在发育的身体。水波轻轻地摇晃，轻轻地颠簸。满塘的清水就像一面镜子，照着我们每天的影子。就像一支支荷箭一样，我们这些孩子在田野间也不知不觉地长大了……

鄂南地处吴头楚尾，方言里犹带吴音，所以后来读辛弃疾那首《清平乐·村居》，感到格外亲切：“茅檐低小，溪上青青草。醉里吴音相媚好，白发谁家翁媪？　　大儿锄豆溪东，中儿正织鸡笼。最喜小儿亡赖，溪头卧剥莲蓬。”还有那首《西江月·夜行黄沙道中》里的句子：“稻花香里说丰年，听取蛙声一片。”辛弃疾这两首词，都写于他贬居江西信州（今上饶市）之时。上饶离鄂南不远，词中所写的情景，也正是我对鄂南夏日乡间生活的美好记忆。

成年后离开了农村，长期居住在闹市里，夏日乡间的荷塘嬉戏，早已变成了远去的童年美梦。

爱此荷花鲜（二）

*

盛开的荷花，把满湖满塘的高洁、清新和雅致奉献给了我们……

虽然居住在城市里，但我的生活和工作环境，却一直与湖水有缘。家住武汉东湖边，几乎天天会去湖边散步，夏日里虽看不见田野荷塘的风致，但还能看到生长在大湖边缘的一处处绿荷，闻得见夏风吹过来的荷花清香。

在东湖磨山脚下，有一个著名的“东湖荷园”，这是“中国荷花研究中心”所在地。荷园总面积有 4 万平方米，除了中国水生植物学家们自己培植的各种珍稀名荷，还有其他一些水生植物和水生花卉的种植区。据说，酷爱荷花的老艺术家黄永玉先生，自己开辟和种植了一个“万荷塘”，我想，他的“万荷”肯定是指植株数量，而不是荷花品种。中国荷花研究中心的百亩荷园里，有近 800 种珍品菱荷，光是各种睡莲，就有 40 多个品种。用“接天莲叶无穷碧，映日荷花别样红”这两句诗来形容万荷竞放、争奇斗艳的东湖荷园，真是再恰当不过了。

每当夏至 过，本市市民和外地游客来游东湖，都可以近距离地欣赏那些难得一见、惊鸿一瞥般的珍品荷花，例如花瓣可以多达上千片的“千瓣莲”，花朵娇小玲珑的“小天使”，珍稀罕见的粉黄色荷花“黄鹂”和“胜金雀”。还有一些荷花品种，光听名字就知道并非凡品了：什么“醉东风”“钗头凤”，什么“露华浓”“红灯照”……我想，这么多珍品荷花的盛开与诞生，固然有中国水生植物学家、花卉学家的奇思妙想和辛勤培植之功，同时不也是拜大自然母亲所赐，拜大地和湖水的恩赐吗？

今年夏至刚过没几日，我去住处附近的另一个湖——沙湖边散步时，竟意外地欣赏到了特别珍稀的并蒂莲和三蒂莲，其中，有两株并蒂莲已结出了并蒂莲蓬。我们知道，并蒂莲已经是可遇不可求的了，三蒂莲无疑就是水生花卉中的奇光异彩了！

我向管理沙湖名荷的一位老伯请教：“这里为什么会有并蒂莲和三蒂莲？”老伯告诉我说：“这可是咱们中国权威的荷花专家、年逾八旬的王其超、张行言夫妇种植出来的‘稀世宝贝’哦！”

原来，这三株并蒂莲和唯一的一株三蒂莲，是老夫妇俩从他们种植和培育的一万多盆荷花中挑选出来的。老夫妇俩从 20 世纪 80 年代就开始试验，多次用并蒂莲结的莲子育种，试图培育出专开并蒂莲的荷花新品种，但一直没能成功。最终他们发现，并蒂莲的基因不能遗传给下一代，并蒂莲和三蒂莲都无法人工培育，只能自然形成。

荷花的花期一般都在6月至9月间，我国历史上虽有“寒荷”的说法，但大都出于文人墨客“留得残荷听雨声”之类的联想吧，好像无人真的看见荷花在冬日开放。我想起了这个问题，就问老伯：“荷花到底能不能在冬天里开放呢？”

“荷花可是君子之花，娇贵着哪！最好不要用手去触摸花苞。”老伯似乎答非所问。不一会儿，他放下手里的活计，接着说道：“哦，你问的这个事儿嘛，算是问对人了！”老伯告诉我，正是王其超、张行言这对老夫妇，在十几年前，用朋友赠送给他们的10粒台湾莲子，成功培育出了可在冬日开放的荷花品种。

“你不是去过东湖荷园吗？那里面有两个冬荷品种，就是从老夫妇那里引过去的。说出来人们也许不会相信，那两个荷花品种的花期，可以从每年6月一直开到11月下旬。”

“原来还真的有寒荷、冬荷啊！”我有点惊讶了。

谁人不爱荷花？古文里有周敦颐的一篇《爱莲说》，白话文里有朱自清的一篇《荷塘月色》，已是写尽了荷的高洁、清秀与淡雅。连一向擅长抒写浪漫与豪放诗句的大诗人李白，不也写过清新婉转的咏荷短歌：“涉江弄秋水，爱此荷花鲜。攀荷弄其珠，荡漾不成圆。”

还有韩愈的“从今有雨君须记，来听萧萧打叶声”；宋代诗人黄庚的“池塘一段枯荣事，都被沙鸥冷眼看”……那都是唯有“出淤泥而不染，濯清涟而不妖，中通外直，不蔓不枝，香远益清”的荷花，才配得上的千古名句。

“采莲南塘秋，莲花过人头……”此刻我在想，盛开的荷花，把满湖满塘的高洁、清新和雅致奉献给了我们，也把荷叶、荷花、莲蓬、藕根、藕带的清甜、清芬和清苦奉献给了我们，我们该拿怎样一方纯洁、干净、没有污染的好水土，去回报荷花的恩情呢？要知道，没有一方好水土，哪来的“莲花过人头”，哪来的“莲子清如水”。

家乡的荠菜花

*

她的美丽，她的清香，属于春天，属于山野和大地。

春天来了，一切都渐渐变得温暖起来、湿润起来。小河悄悄解冻了，雪花在天空化为细雨。泥土变得松软了，小草在悄悄地返青，所有冬眠的生命，都开始苏醒了……

春天里，在我们的家乡农村，到处都能看到一种默默开在早春的田边溪头的小野花——荠菜花，小小的白色的花朵，星星点点地散布在春天的大地上。说是花朵，其实也是一种地道的野菜，又叫“地米菜”。

每年农历三月初三，这一天是“荠菜花生日”。这一天，老奶奶们会采回一些小小的新鲜的荠菜花，簪在小女孩们的发髻和鬓边，作为纪念。这是一个多么富有诗意和民俗趣味的美好节日啊！

荠菜花不仅小，而且和别的花朵比起来毫不起眼，但是，她具有强大的生命力。她是春天和大地的女儿，她的美丽，她的清香，属于春天，属于山野和大地。

不少地方还有一种传统小吃：炸春卷。最地道、最好吃的春卷，当然是清香的荠菜馅的春卷了。在新鲜的荠菜上市的季节，几乎每一个菜市场里，都能看到包春卷、炸春卷的摊位。不少妈妈也会从市场上买回新鲜的荠菜和春卷皮，自己动手做一些春卷给家人分享。

荠菜花是春风和春溪的梦，是柳叶莺和燕子的梦，是骑在牛背上吹着叶笛的小牧童们的梦。

荠菜花的美是属于家乡的。荠菜的清香也是家乡的清香。它使我们在吃着美味的荠菜春卷的时候，会情不自禁地想到：我们的家乡多么可爱和美丽啊！我深爱着我的家乡。

和小草对话

直到你默默枯萎的那一天，你和大地一起，融入漫漫的长夜里。

我愿把我的赞美献给你——朴素的小草。

假如我能够，我愿送你金色的阳光与露水，而不是送你赞美诗。假如我还能够，我将改变我们的每一个平凡的日子，如春天的早晨，我知道，你是热爱晨光的！

当冬天还没走远，雪还没有化尽，我独自漫步在空寂的山野，你就悄悄地告诉我：不要忧愁，春天就要来了……

我蹲下身来抚摸你。我的手充满最大的温情。

诗人洛威尔在他的《十四行诗集》里说：“窥见一株小草埋藏在朴素的心中的秘密，便可以窥见精神世界的细微之所在。”

你正是这样：当人们争相拥抱鲜花的时候，你往往被人忽视。直到你默默枯萎的那一天，你和大地一起，融入漫漫的长夜里。我知道，是你一直在漫漫的长夜里不知疲倦地呼唤春天，呼唤细雨、微风，呼唤花朵、绿叶和歌声。你在呼唤中生长，变得茁壮。这是你的梦想。

假如我还能够，我愿我的生命，也带着你的气息，带着你的色彩和品格。我知道，越是朴素的生命，越是美丽的生命。

金色的麦笛

*

小小的麦笛，是一支朴素和清远的村歌。

六月里，麦子已经低垂下金黄色的穗子。只要折下一根小小的麦管，连带一片金色的叶子，就能做成一支小小的麦笛。

小小的麦笛，是一支朴素和清远的村歌。带着清新的草香，带着泥土的气息，也带着田野的晴朗、清亮和辽阔……当然，也带着乡村小孩的纯朴和野性。

麦笛声声。爷爷吹过，爸爸吹过，哥哥吹过，我也吹过。

吹出了耕种的艰辛，吹散了劳作的疲惫，吹出了丰收在望的喜悦，也吹出了孩子们的寂寞、梦想和快乐……

阳台上的小花

一盆小小的植物，也有自己的生命，也需要照料呢！

我喜欢站在阳台上欣赏早晨和黄昏时的景色。虽然我所看见的，也无非是一些高大的楼房、高大的树木、闪亮的玻璃窗和被切割成了一小块、一小块的天空。可是，就在我默默地、怀着欣赏的心情注视着它们的时候，我的心中也会获得一种说不出的感动和安静。

我在这难得的安静中，体会到了一种遐想和包容的温情。我会想到，我是在用头脑的平静去安抚自己狂跳的心，用短暂的遐想去平稳自己每天忙碌的脚步，甚至在一天的迷茫中，我能感受到瞬间的山丘般的宁静的美。

当我欣赏着那些像高塔一般的大树时，我还会想到，它们长得又高又壮，只是因为它们每天是在缓慢、健康和默默地成长着。我还会想到，无论生活有多么艰辛，无论人生有多少烦恼和不如意，我们最终还是会珍爱生活，珍爱每一个新的早晨，对未来的日子，依然充满最大的信心和希望。

有一天，我的目光被对面一家阳台上的一盆金色的小花吸引了。那是一盆极为平凡的小花，它们的名字应该叫三色堇。它们开得那么热烈、那么鲜艳。只不过，每当黄昏来临，我能够有时间来细细地观察它、欣赏它的时刻，也正是它们走向凋谢的时刻。

我常常为此而觉得十分惋惜。渐渐地，我也发现，近来已经有很多天了，我一直没有看见那家阳台上有人出入，更没看见有谁为这盆小花浇一点水或者做点什么，哪怕只浇小小的一杯也没有。我感到好奇，就趁下楼散步的时候去询问了一下。一问才知道，这家主人到国外去了，得几个月才回。于是我悄悄一叹：这可苦了这簇小小的植物了，它们该是多么寂寞和不幸啊！

它们的确是寂寞的。独自开了，又独自谢了。除了偶尔的一点阳光的爱抚，没有谁再来理会它们了。有几次，我多么想去给它们浇一点儿水，哪怕只小小的一杯也好呢。然而我做不到。于是，我在心里有点埋怨这家主人。要知道，一盆小小的植物，也有自己的生命，也需要照料呢！

又过了一段时间，那盆小花，终于忍受不了这漫长的干渴了。好几个早晨和黄昏，我都在心疼地看着那些即将枯萎的小小的茎叶，焦急地盼着这家主人归来，或者盼望着老天能够立刻下一阵雨。无论怎么说，这些无辜的小花，是不该就这样枯萎的。

又过了几天，我也出差到南方去了。小小的太阳花，在我的心头消失了。生活的脚步总是匆匆的，我们每个人，都常常因为生活的繁忙和艰辛而感到疲惫。忙忙碌碌的生活，也使我们忽略了许多细小的、却又是那么值得珍惜和记忆的东西，它们往往正是我们每个人的情感和良知的最好的启示。难道不是吗？

所幸的是，两个星期之后，就在我拖着疲惫的身子回到自己的阳台上时，我的眼睛猛地一亮！我看见，对面那家阳台上的那盆娇艳的小花朵，又奇迹般地盛开了！小小的、金色的花朵，甚至开得比以前更加灿烂、娇艳。

可是，这些日子并没有下雨呀！那家的主人显然也没有回来。我这样思忖着再仔细一看，原来，是楼上的人家在阳台上晒了衣服。是那些未拧干的衣服滴了水下来，一滴一滴地正好滴在下面的小花身上。

这一瞬间，我的心里不知道是高兴还是苦涩。唉，无意中的一点儿施与，有时竟也能够挽救一簇小小的、美丽的生命呢！那么，我想，我应该常怀感恩的心，去热爱平凡生活中的点点滴滴，包括它的艰辛。

海棠

*

那每一条激荡着永不休止的血液的赤色筛管，串联成一幅历历在目的山水图画。

苏东坡的花鸟诗中，要数《海棠》最有名："东风袅袅泛崇光，香雾空蒙月转廊。只恐夜深花睡去，故烧高烛照红妆。"

西府海棠在春季里开出淡红色的小花，且多于春夜的梦中开放。更有一种晚秋海棠，我曾多次想象过它花开夜间的氛围和样子。想来想去，还是觉得鲁迅先生《秋夜》中的一段描写，用在它身上最为适当，虽然鲁迅描写的对象未必就是秋海棠：

"……她在冷的夜气中，瑟缩地做梦，梦见春的到来，梦见秋的到来，梦见瘦的诗人将眼泪擦在她最末的花瓣上，告诉她秋虽然来，冬虽然来，而此后接着还是春……"

传说，秋海棠是由许多血脉汇集而成的，那每一条激荡着永不休止的血液的赤色筛管，串联成一幅历历在目的山水图画。

在寒冷的异域，瞿秋白深情地思念过这片交织着长江黄河般叶脉的土地；在日军黑暗的土牢里，诗人戴望舒用尽全身的气力和情感，抚摸过这片红叶上的故国；而在浅浅的海峡对岸的诗人，也这样挚切地呼唤过：

给我一张海棠红啊海棠红，
血一样的海棠红。
沸血的烧痛，是乡愁的烧痛，
给我一张海棠红啊海棠红。

葫芦

*

夏夜里，葫芦开花了。葫芦花是白色的，像小小的白喇叭。

种葫芦先得有种子。葫芦籽儿是扁长的，像人的牙齿。春天里，把成熟的葫芦籽儿种下去，勤浇水，保持泥土的湿润，不久就会长出绿色的小苗来。小苗长出来后，需要用小树枝为它做一个小栅栏，把它围起来，免得被鸡鸭啄食或被路人踩了。每天要给它浇水，还要经常给它施一些肥料。

夏天，葫芦苗渐渐长出了长长的藤蔓。这时候，要找一些竹竿或木棍，搭一个葫芦架。葫芦藤会顺着架子爬呀爬，直到爬满整个架子。在乡村里，很多农家的院子里都有一个葫芦架。葫芦架在夏天和秋天能够遮挡阳光，人们可以在葫芦架下吃饭、睡午觉、做针线活儿，当然，小学生们也可以坐在葫芦架下做功课。

夏夜里，葫芦开花了。葫芦花是白色的，像小小的白喇叭。如果你仔细观察，就会分清：花茎细的葫芦花是“谎花”，不会结葫芦；花茎粗的葫芦花，才会结葫芦。

花儿谢了后，小葫芦就诞生了。葫芦小的时候，浑身毛茸茸的，又嫩又青。慢慢地，它就长成了青白色，浑身的茸毛也褪去了，变得很光滑。

到了深秋时节，葫芦叶都干枯了，葫芦还连在葫芦藤上。这时的葫芦，已是成熟的葫芦了。

葫芦的品种很多，有又大又圆的葫芦，有歪脖子葫芦，还有一种中间有腰的“8”字形葫芦。

葫芦很嫩很嫩的时候，可以摘下来，像炒丝瓜一样炒着吃，但人们一般都愿意让它长到秋天。深秋过后，葫芦成熟了，摘下来，在顶部挖一个小孔，掏出里面的瓤来，再把葫芦风干，就成了一种可以盛放农作物种子的器具。当然，也可以把它从中间切成两半，做成水瓢。

如果把成熟的葫芦运到城市里，送到画家或工艺师们的手上，他们能在葫芦上绘出美丽的图案，做成许多可爱的工艺品。

自然是一支乐曲

所有的动物和植物，一同在早晨醒来，亲密得就像一家人……

大森林里充满了风雨和歌声。当风儿踩过绿色的树梢，就像纤细的手指按响了风琴：小溪叮叮咚咚；瀑布轰轰隆隆；画眉、锦鸡、杜鹃和金翅鸟，还有许多叫不出名字的小鸟，每天都参加盛大的歌咏比赛，歌声响彻了整座森林。所有的动物和植物，一同在早晨醒来，亲密得就像一家人——小鹿在溪边饮水；松鼠在晨光里打开房门；鸟雀张着鹅黄的小嘴向大地问早安……大自然就像一首美妙的乐曲。我多想自己也变成一只小鸟，飞向大自然，成为这首乐曲中的一个音符。

只有一个春天

*

春天让一切梦想都在温润的泥土下萌芽，让所有能生长的都开始生长。

春天是殷勤的。她以殷勤的布谷鸟的歌唱，一声声唤醒大地上所有的生命，唤醒勤劳的人们去播种新的希望、新的梦想，唤醒所有沉睡的小草和花朵绽开笑脸，唤醒满山满谷的野樱花和火红的杜鹃花迎风开放，唤来那明媚而朗润的人间四月天……

春天是慷慨的。她给大地万物送来丰沛的雨水和温暖的南风，并且竭尽全力把大地装点得花团锦簇、分外妖娆。她让一切梦想都在温润的泥土下萌芽，让所有能生长的都开始生长，甚至让所有错过季节的种子，也在沙沙的细雨中重新获得萌发的机缘。

春天也是宝贵的。从立春到雨水，从惊蛰到春分，直到清明和谷雨来临，春天沿循着她的每一个温润的节气，把丰沛的雨水洒到了辽阔的大地之上。当温暖的春光普照着大地上的每一片田野，有多少新的生命和新的希望，都在等待着耕耘、播撒、萌芽、出土、拔节、扬花、抽穗、灌浆，直至成熟和收获的季节。

“阳春布德泽，万物生光辉。”当春天来临，风和日丽，这个季节如果不去田野上看一看春天的丰姿，与大地同享欢乐，那实在是对大自然的怠慢和不敬了。

诗人们说，春天不是骑马奔下山冈，而是赤脚涉过春溪步行而来，就像一个微笑着走向田埂、井台或池塘边的牧鹅姑娘。散文家普里什文写过一篇只有一句话的散文《花溪》：“在那些春水奔腾过的地方，如今到处是鲜花的洪流。”我从另一位散文家巴乌斯托夫斯基的《面向秋野》里，又为这篇小散文找到了一个补充性的注释：“即使只有荒野的沼泽是你胜利的见证，那么它们也会变得百花盛开，异常美丽，而春天也将永远活在你的心中。”

这个时候，我们也不妨学一学那春天的绿草。默默的小草总是那么眷恋着春天，拥抱着大地。它们在漫长的冬天里苦苦地等待过春天，也在无数个长夜里呼唤过细雨、微风，呼唤过花朵、绿叶和歌声。然后，它们以自己的寸草之心，感恩大地，以自己微薄的绿意回报大地母亲。是啊，谁能窥见一株小草埋藏在朴素的心中的秘密，似乎也可以窥见人类精神世界的细微之所在。

这个时候，我们也不妨学一学那殷勤的布谷鸟，用自己的殷勤去唤醒沉睡的花草树木和满山的红杜鹃；学一学温暖和慷慨的春天吧！你给世界留下美丽的雨水、阳光和种子，世界就报你最美丽的田野、花朵和收成。

人生在世，我们只有一次童年；四季之中，我们也只有一个春天。如果说，春天有什么缺点，那就是：春天永远是短暂的。春光匆匆，就像桃花、樱花、杏花绚丽而易逝。也因此，像“桃李春风一杯酒，江湖夜雨十年灯”，“客子光阴诗卷里，杏花消息雨声中”这样一些咏叹春天的诗句，我总觉得，其中有着深长的惜春意味。

那么，热爱春天、热爱生活和生命的人们，请你们珍惜这美丽的春光！请你们记住诗人们殷勤的叮咛：“抓住！抓住那逝水年华……”要知道，每个人的童年只有一次，生命的花期也只有一次。

二十四番花信风

花朝节，不仅仅是一个花的节日，也是一个文化节……

有位诗人说，鲜花是连儿童都能理解的语言。爱花，是我国人民的传统美德。古代的人们甚至还没想过，所有的花儿有一个共同的生日，这便是旧俗中二月十二日的“花朝节”，又称“百花生日”。以崇尚“灵性”闻名的清代诗人袁枚，就曾写过一首小诗，题为《二月十二花朝》：

红梨初绽柳初娇，
二月春寒雪尚飘。
除却女儿谁记得，
百花生日是今朝。

许多史书上也记载过，在这个富有诗意的“花朝节”里，人们自然要庆贺一番，或“妇女头戴蓬叶”，或“士庶游玩”

于乡间田野，特别是在山水明秀的江南一带，人们在这一天会用彩绸或五彩纸剪成一面面小旗子，称为“花幡”，挂在花卉、树木上，以此为百花祝寿。

清代著名小说《镜花缘》里曾记述了这样一个传说：武则天当上皇帝后，在一个严寒的冬日，因看见梅花盛开，便忽发奇思，乘兴下诏，并写成一首《催花诗》，要百花同时开放。总管百花的女神，名为“百花仙子”，这天正好出游在外。众花接到则天大帝的诏书，只好同时竞相绽开……当然，这样的传说不足为信。但《全唐诗》里确实收录了武则天的那首《催花诗》：“明朝游上苑，火速报春知；花须连夜发，莫待晓风吹。”

今天，这个富有诗意和文化趣味的节日，早已被人们忘却了，甚至有可能彻底失传。这是令人可惜和遗憾的。联想到日本人“倾城看花奈花何，人人同唱樱花歌”和“十日之游举国狂，岁岁欢娱朝复暮”（黄遵宪《樱花歌》）的赏花盛景，实在觉得我们这个古老的和爱美的国度，应该发扬光大这个古已有之的花的节日。素以爱美著称的华夏儿女，不是更能够从这样一个花朝节里焕发出爱美的天性，焕发出热爱大自然、热爱生活的感情吗？同时，人们不也可以从这个节日里联想到祖国几千年来关于花的文化积累，关于花匠和园丁们的劳动与智慧，从而获得更广泛、更真切的美的启迪、美的熏陶吗？

二十四番花信风，无论是梅花、山茶、水仙，还是迎春、桃花、棠棣、蔷薇，也无论是牡丹、芍药、丁香、菊花……我相信，正如同百花对于它们赖以生存的泥土与空气的热爱一样，我们对于这些或娇艳，或文静，或热烈，或雍容华贵，或朴素高洁，或喜阳耐阴，或天性耐寒，各自蕴含着不同性情与气质的鲜花，不是也会更加亲近、了解和热爱它们吗？

写过《花城》的散文家秦牧先生说过，对着那些花团锦簇，我们从看到的花想到没看见的花，从知名的想到无名的，看它们都在浅笑低语似的，它们都像是眨着眼睛在启发着人们说："再猜猜吧，瞧，我们为什么会这样美呢？"花朝节，不仅仅是一个花的节日，也是一个文化节，一个用鲜花装饰的"美育节"。这样的节日竟被忘记，甚至失传了，真是有点可惜了。

万物有灵

小毛驴之歌

＊

我的小脚印，和小灰的小小蹄印一起，留在了故乡的每一条山道上。

小灰是一头漂亮的小毛驴，它是我童年时代最好的伙伴。它长着灰色的皮毛，灰色的耳朵和眼瞳。它的眼睛里好像总是带着淡淡的忧伤。

它很小的时候就离开了自己的妈妈，是我爸爸在集市上看到了它，当时它是那么孤单和瘦小，爸爸就用一口袋小麦换回了它。

我的童年，是和小灰一起度过的。我的小脚印，和小灰的小小蹄印一起，留在了故乡的每一条山道上。

春天来了，布谷鸟在远处的山谷间歌唱。

我牵着小灰，把一袋袋种子和肥料驮向田野。

那是爷爷的田野、爸爸的田野，是我们家乡一代代人的田野。

爸爸说，将来那也是我的田野。

小灰和我一天天都在长大。

爸爸让我牵着小灰，跟着他学习犁地。

小灰是一头很乖的小毛驴，它低下头，默默地走在老牛的前头，使劲儿地拉着爸爸的木犁。

我们用汗水迎来了收获的季节。

我赶着小灰，从山冈上驮回了收获的玉米和花生。

有一次，小灰的小蹄子被石头碰破了，小小的带血的蹄印，就像一朵朵鲜红的石竹花扔在山路上，让人看了心疼。

我轻轻地抚摸着小灰说："对不起，小灰，让你受苦了！"

小灰却宽厚地摇摇尾巴，好像一点儿都不在意。

冬天是小山村里最悠闲的时节。农人们都喜欢蹲在村口的土墙边，晒晒太阳，谈谈一年的收成。忙碌了一年的牲口们，也都惬意地卧躺在矮矮的土墙边，一边晒着太阳，一边听着农人的交谈。

虽然听不懂农人们在交谈什么，但是它们一定都懂得，他们在谈论风调雨顺的好年成。

小灰也支棱着耳朵，听着爸爸和农人们开心的笑声。

那是动荡和贫穷的年代。有一阵子我失学回家了，成了小山村里的一个小牧童。

我的朋友小灰，还有村里那些沉默的牲口，都成了我朝夕相处的伙伴。

我常常不声不响地跟在它们后头，早晨走向村外，傍晚又回到村里。在那空旷无人的山岭间，在那弯弯曲曲的山道上，我为我的朋友们，也为我自己，胡乱地唱着解闷的歌。

小灰总是用它灰色的、温柔的眼睛看着我，好像在用它的乖觉和善良，分担我童年的忧愁和寂寞。

一个秋日的下午，临近傍晚的时候，我赶着小灰和另外一队毛驴从小镇上挂掌回来，山路上回响着驴子们新换的蹄铁的清脆声响。

可是，快要走到山口的时候，大片大片的乌云突然翻卷过来，紧接着，铺天盖地的狂风刮起，天空中纷飞着尘土和枯叶，山口的老榉树也发出沙沙的声响……

这时候，一道道闪电，好像要把暗黑的天空撕裂了一样，电光把巍峨的大山和摇荡的树林，映照得煞白煞白的……

这样的天气真是少见！我赶紧牵紧了驴子们的缰绳。

但是，驴子们比我更加恐惧。每一阵电光闪来，我看见它们都浑身打着哆嗦。

终于，有两头驴子挣脱了队伍，昂着头嘶叫着逃进了茫茫的山野……我知道，它们是被吓“炸”了。

我着急地大叫起来：“快回来！傻驴子！回来呀……”

但它们眨眼间就跑远了，我的呼喊声也被呼啸的风声压下去了。

我继续紧紧地牵着驴子们的缰绳，生怕它们又被吓得夺路逃跑。

这时候，奇迹出现了！

小灰好像在电光里看见了我焦急的眼泪，它昂起头叫了几声，然后掉过身子，对着一头挣得最凶的驴子，狠狠地蹬了几蹄子……

我以为小灰也被吓“炸”了，就十分惊恐地望着它，不知道应该怎么办。

这时候，那头挣得最凶的驴子被小灰一蹬，竟然呜咽着渐渐低下了头，也不再挣扯缰绳了。

所有的驴子慢慢都安静了下来，紧紧地依偎在一起。只是每一道闪电和霹雳划过时，它们都吓得浑身颤抖……

我感激地搂着小灰的脖子。

“谢谢你，小灰！你是我最好、最忠诚的朋友！”

我和驴子们一起转移到一处避风的地方，互相依偎着，睁大眼睛看着外面，外面是翻江倒海似的滂沱大雨……

大雨终于渐渐地停住了。山野上漆黑一片。唯一发亮的，就是一片片水花……

这时候，我隐隐地听见了，夜色里爸爸的呼唤声——

爸爸料到，我是被暴风雨阻隔在路上了，所以提着风灯一路呼唤着找我来了。

我是多么感激小灰啊！

是它在突然袭来的暴风雨中，沉着地帮助我渡过了难关。

当我从光滑的驴背上滑下来的那一天，也就是我真正长大的日子。

长大了，我离开了自己的家乡，也离开了我童年时代的朋友小灰，到远方去寻找我的金色前程。

从此，我再也没有见到小灰。

我知道，这么多年过去了，小灰一定早已不在人世了。

小灰，你在哪里？你去了哪里？

在我的家乡，有一代代正在成长的孩子。在那辽阔的山冈和田野上，还有一代代小毛驴在长大。大家都在为改变这个世界，为过上幸福和安宁的生活默默努力。

我多么希望，每一个人，都能够在暴风雨袭来的时候，用你们兄弟般的情谊，为我的那些沉默的、不会说话的朋友，搭起一小片无风无雨的天空。它们拥有最能忍耐和乐于奉献的心，它们是我们永远的朋友！

刺猬的春天和秋天

*

它用满身的针刺扎住它们，一趟趟地往家里运送着。

刺猬从自己的窝里爬出来，就像背着一个外面扎满针芒的小包袱。它悄悄地向山野走去。山野上的果子红了，有的已经熟透了。聪明的小刺猬也许会这样想：冬天就要来了，可不能再贪玩了，应该趁着这样的好天气，提前去准备过冬的食物啦！

于是，它采来红红的山楂、野枣，还有一些小浆果。它用满身的针刺扎住它们，一趟趟地往家里运送着。它想，多准备一些总是好的，就是浆果一时吃不完，发酵也没关系，因为那样吃起来也许还会有点酸牛乳的味道呢。

它把过冬的食物准备得那么充足。当它忙忙碌碌地干完了这一切，才心情轻松地想道：好了，这下可以放心地、美美地睡上一觉了呀！等到漫长的冬天过去以后，刺猬才重新从洞里走出来。不过这时候，外面的世界又有了新的变化，迎接它的是又一个崭新的春天了。

刺猬在生活中也会遇到许多艰难和意外。不过，对付这些艰难和灾祸，它有自己的办法。例如，一旦听到了猎人的枪声，或者遇到敌手的时候，大多数动物都会吓得四处逃散，可是，刺猬却一点儿也不惊慌。只要听到可怕的声音，或者遇到了什么危险，小刺猬就会立刻团成一个带刺的“小球”，浑身的针刺都朝外耸立着。这时候，就连狡猾的狐狸也拿这个带刺的“小球”没有办法，无处下口。一直等到危险过去，小刺猬才会慢慢地伸展开身子，又变成温顺和自由自在的样子了。

刺猬浑身的硬刺当然不仅仅只是用来保护自己，避免受到其他动物的侵袭和伤害，它还可以用它们遮风挡雨呢。当冰凉的雨水浇下来时，刺猬的针刺可以像蓑衣一样挡住雨水。

刺猬的小窝，一般都在土洞里、树根下或灌木林中的枯叶堆下。如果你在野外的草丛里或叶堆下，突然看见了一只小刺猬，可要记住喔，千万不能忙着去对它动手动脚的，因为，它很可能会非常不友好地刺你几下子呢。

松鼠的家

松鼠是友好和快乐的小动物。

松鼠看上去很漂亮，也很可爱。它动作轻捷，非常机警，一天到晚总是不停地蹦来蹦去。它还十分喜欢直竖着身子坐着，用前爪往嘴里送东西吃。

松鼠喜欢把自己的家安置在高高的树杈上。有的松鼠也把小窝做在枯树洞里。松鼠搭窝时，先用一些小木片儿错杂地放在一起，再用一些干苔藓编扎起来，然后把它们挤紧、踏平，使小小的“卧室”又牢固又平整。它的窝口常常是朝着天空的，端端正正的，窝口上还有一个圆锥形的盖儿，可以把整个小窝遮蔽起来，有了雨水也可以向四周流去，而不会淌进窝里。

松鼠大部分时间生活在树上，所以拥有许多了不起的树上本领，例如头朝下快速爬下树、在细枝上敏捷地跳跃而不会掉下来等。

松鼠有一条蓬松的大尾巴。当它从一根树枝跳到另一根树枝时，那条尾巴就像小小的降落伞一样，帮助它稳稳地降落；下雨时，大尾巴还可以充当雨伞，遮挡住风雨；天冷了，大尾巴又可以当毛毯使用了。

松鼠当然最喜欢吃松子，另外还喜欢吃蘑菇和小昆虫等。吃不完的松子落到地下，第二年就会长出小树苗来。所以，有人说松鼠是会植树的小动物，它们无意中种下的小树比谁都多。

除了松树，松鼠也喜欢在榛树上活动，因为在榛树上可以找到成熟的榛果吃。如果你从榛树下走过，可要当心啦，说不定会有几个榛果正好掉在你的脑袋上呢！还说不准，那正好是松鼠不小心弄下来的。

松鼠是友好和快乐的小动物。爱尔兰诗人叶芝，写过一首短小的诗《给一只吉利那那的松鼠》，仿佛是代表了所有的孩子，对小小的松鼠发出了友好的邀请：

来吧，来和我玩吧，
为什么你要奔跑，
奔过抖动的树梢，
难道我有一支枪，
会把你一枪击毙？

而我想做的，

只是搔搔你的头而已，

然后就让你走掉。

爱吃野果的小山兽

*

果子狸是一种爱吃野果的小山兽。

冬天，山上很冷，果子狸从野外跑到村庄里，躲藏到农民们的草垛里取暖。它的个头只有家猫那么大，但身体细长，四肢肥短。它的脸上，从鼻端到头后部以及眼睛上下，各有一道白色的花纹，所以人们又叫它“花面狸”。

果子狸是一种爱吃野果的小山兽。像山楂、杨梅、李子等，都是它爱吃的食物。有时，果子狸也捕捉一些小鸟和昆虫吃。果子狸是爬树的能手，而且喜欢在夜间活动。因为一到晚上，它的眼睛就像家猫的眼睛一样，变得格外明亮。

冬天里，果子狸的毛皮油亮油亮的。猎人如果捕捉到了果子狸，就会小心翼翼地剥下它的毛皮来，卖给皮货店。但是，面对一只漂亮、机灵的果子狸，哪一个善良的人愿意向它举起棍棒和刀枪呢？

美国生态学家、环境保护主义先驱奥尔多·利奥波德，曾向人类提出了一个有关“土地道德”的观念。他说，“土地道德”的行为准则，其实十分简单：任何有利于保护生态环境的事都是对的，如果你的做法正好相反，那就是错的。他希望，人类都能够像山林一样去思考，都能够把自身放到与土壤、水、植物和小动物一样平等的位置上；人类应该将自己“征服者”的角色，变成和别的小动物一样平等的“地球公民”。只有这样，人类才有可能尊重所有的小动物，包括一只小小的、不会说话的果子狸。不然的话，一切“征服者”最终也都会“祸及自身”。

还记得二十年前，SARS疫情在中国出现期间，有人曾说果子狸是传播病菌的根源之一，所以有些地方下令捕杀所有的果子狸。那些日子里，我很为这些可怜的小山兽抱屈和鸣不平。后来又听说，SARS病毒根本就与果子狸无关，但愿这是真的。这样，我就可以不再为这些小生灵的命运担忧了。小小的、可爱的果子狸，祝愿你们生活得自由自在、幸福平安！

蝉叫声声

第二天早晨再去看它，就会发现它已脱壳，变成一只真正的蝉了。

夏天的早晨，太阳刚刚升起，树林中的蝉就开始了响亮的大合唱。

蝉喜欢炎热的天气，气温越高的天气，蝉的精神头越足。当太阳西沉，气温下降了，蝉也渐渐停止了歌唱，开始休息了。

蝉鸣叫的时候，就像吹口琴一样，使腹部的薄膜使劲儿振动，发出声音。薄膜边还有一个中空的共鸣器，就像小提琴的共鸣箱，可以让发出的声音更加响亮。

蝉能听到自己同类的鸣叫声，所以它们很喜欢和同伴聚集在同一片林子里，使劲儿地、不停地演奏着大合唱。如果树林里忽然有了什么动静，惊动了其中的一只蝉，那么其他的蝉也会立刻停止合唱，随时准备飞走。

蝉喜欢栖息在柳树上。我国古代的花鸟画中，常以“高柳鸣蝉”为画题，这是有道理的。

我小时候玩过的蝉有这样三种：一种叫“马溜”，最大，身体是黑色的，叫声也特别响亮；一种叫“嘟溜”，较小，身体是暗绿色的，又有点银光，样子最好看，叫声好像是“嘎呜——嘎呜——”；还有一种叫“滋溜”，最小，身体是暗赭色的，叫声很细，像最细的琴弦上发出的声音。

并不是所有的蝉都会唱歌。雌蝉就是“哑巴蝉”，从来不会鸣叫。整个夏季在树上不停鸣叫着的，都是雄蝉。

夏天里，如果你到树林里去仔细观察，就会在树干上找到许多蝉蜕，那就是蝉脱下的皮。蝉在地下大约要住上四年，才可以爬出黑暗的“地牢”，爬上树干，脱去长期保护它的硬硬的蝉蜕。

刚脱壳的蝉很软弱，看上去苍白无力，像刚出生的婴儿，嫩嫩的。不过，很快它们身体的颜色就变深了，身体也强壮起来，而且用不了多久，它们就加入了成年蝉的大合唱之中：“知了……知了……知了……”

逮蝉有多种方法。我小时候经常使用的一种办法是：在一根长长的竹竿头上，绑上个三角形或圆形的柳条圈儿，再缠上很多有黏性的蜘蛛网，然后悄悄地走进有蝉的树林里，瞅准了一只蝉，便把竹竿轻轻伸到它的翅膀边，轻轻一捂，蝉的翅膀就被黏住了。还有一种办法，是用马尾丝结一个活扣儿套蝉。

不过，这需要很大的耐心。这种办法一般是用来对付那些个头大而又有点儿傻气的“马溜”的。

也可以在雨后的黄昏，到树林里去寻找幼蝉。雨水下过之后，泥土松软了，这时候如果你在树下仔细观察，会找到幼蝉的小小的洞口。它们正准备爬出地面，到树干上去脱壳呢，或许有的已经爬上树干了。把幼蝉拿回家，用一个小筛子扣住它，第二天早晨再去看它，就会发现它已脱壳，变成一只真正的蝉了。

童年的昆虫

让我守在池塘边，守护着你的这片安宁……

美丽的红蜻蜓

中午的池塘多么安静。一枝尖尖的荷花蕾上，栖落着一只美丽的红蜻蜓。它的眼睛像两粒绿豆，一对翅膀晶莹透明。它的形状真像一架小小的飞机，但飞机却不会进入这么安静的梦境。那么，静静地做你的梦吧，红蜻蜓。做一个飞翔的梦，做一个芭蕾舞的梦。让我守在池塘边，守护着你的这片安宁……

叩头求饶的小甲虫

叩头虫是一种奇怪的小甲虫。如果你捉住了它，用手指摁住它的身子不放它走，它就会将头部一上一下地不停地叩动，啪啪作响，好像在向你叩头求饶似的，所以人们叫它“叩头虫”。

乡村的小孩子喜欢捉住这种小甲虫，把它们放进空火柴盒里，这时候它们叩起头来的声音就特别响亮和清脆。

叩头虫还有一项表演本领。如果你把它的身子翻过来，让它肚皮朝上，它会像鲤鱼打挺似的翻弹起来，看上去是那么灵巧、有趣。叩头虫的幼虫叫金针虫，生活在土壤里，专吃农作物的根茎，是一种小害虫。

“花大姐，飞呀飞”

“花大姐，飞呀飞……”小时候唱过的这首儿歌，说的是一种漂亮的小昆虫：瓢虫。瓢虫有很多种，有七星瓢虫、大红瓢虫等。瓢虫的一对小小的翅膀上通常有星星点点的图案，非常好看。它们常常攀附在植物的叶子上，捕食专门糟蹋庄稼和树林的蚜虫。一只七星瓢虫一天可以捕捉 50 多只蚜虫呢！所以，美丽的“花大姐”还是一种可爱的益虫。

金龟子

金龟子看起来非常可爱，小孩子们都喜欢捉金龟子玩。但是金龟子又是危害植物的害虫。雌金龟子把卵产在松软的泥土里，卵在泥土下变成幼虫蛴螬。蛴螬在地下生活，最喜欢啃食庄稼的根。经过四年之后，蛴螬再变成金龟子飞出地面，在地面啃咬庄稼的叶子、花苞和果实。所以，春天里，播种的农民总要在播下种子的同时，也播进一点农药，目的就是消灭金龟子的地下幼虫。夏天的金龟子，是孩子们童年时代难忘的小伙伴。不过，许多小孩子并不知道，金龟子是一种害虫。我也是长大以后才知道的呢。

快乐的绿蝈蝈

夏天来了，快乐的、大肚子的绿蝈蝈一会儿伏在南瓜叶上，一会儿又跳到附近的豆叶上，不停地唱着一支绿宝石似的歌：“蝈蝈……蝈蝈……蝈蝈……”声音很响亮，只是有点儿单调。

当它唱累了，就会跳到一朵金色的南瓜花上，饱餐一顿，吃饱了，再接着唱，唱的还是：“蝈蝈……蝈蝈……蝈蝈……”

蝈蝈最喜欢伏在大豆叶和瓜叶上唱歌。孩子们逮住了蝈蝈就放进一个竹篾编的小小的八角笼里。蝈蝈在笼子里还会不停地唱歌。蝈蝈喜欢吃南瓜花，所以要掐新鲜的南瓜花喂它。不过，蝈蝈的牙齿很厉害，逮它和喂它的时候都得当心，别被它咬住你的指头肚儿。据说，用最辣的辣椒喂蝈蝈，它也肯吃，吃了辣椒的蝈蝈总是叫得格外起劲儿。不过，这似乎也太残酷了吧？所以，你千万别这么对待无辜的绿蝈蝈。

小小的“镰刀杀手”

螳螂又叫刀螂。螳螂的头可以四面转动，两只眼睛鼓鼓的，很大。它的前腿像两把镰刀，而且长满利刺。看见猎物时，它只要把前腿向前一挥，猎物就会被紧紧扣住，整个过程，只需要0.04秒，真是又快又准！难怪有人说螳螂是小小的“镰刀杀手”呢。

雌螳螂一般都长得肥大，雄螳螂比雌螳螂要瘦削、漂亮和灵活。夏季将尽的时候，雄螳螂开始向雌螳螂求爱了。不过，这种求爱可是惊心动魄的——雄螳螂要付出自己的生命，才能得到雌螳螂的爱。

我们常常会看到这样的情景：一只雄螳螂还正在和一只雌螳螂交尾呢，它的脑袋却已经被雌螳螂咬下来，吞进了肚子里。当它们交尾完毕，雄螳螂也就成了雌螳螂的一顿美餐了。所以有人这样说：雄螳螂真是世界上最勇敢、最伟大的“情郎”。也有人把螳螂的“爱情”视为“死亡之爱”。

草丛里的“小提琴手”

许多蟋蟀一起合奏时，那音乐的节拍准确得就像训练有素的乐队一样。

蟋蟀是昆虫界里技艺高超的“小提琴手”。不要以为它是用嘴发出动听的声音。不，那美丽的音乐是蟋蟀用一只翅膀当琴弦，用另一只翅膀当弓，相互摩擦发出来的。“嘤——嘤——嘤——”琴声多么响亮，仿佛金属片发出的声音。

夏天和秋天的夜晚，在井台边，在草丛里，在天井里，或者在竹床下，你都可以听到蟋蟀的音乐声。许多蟋蟀一起合奏时，那音乐的节拍准确得就像训练有素的乐队一样。

蟋蟀喜欢单独居住。有趣的是，蟋蟀却没有固定的窝。一只蟋蟀每天都要做一个新窝。蟋蟀窝做起来非常简单：找一片树叶卷起来，用嘴里吐出的黏丝把叶子边黏上，它自己就可以躲在里边奏起乐曲来了。越热的天，蟋蟀演奏的乐曲节奏越快。

我国最早的诗歌集《诗经》里说，蟋蟀七月里喜欢在野外活动，八月里就移到院子里，九月又转移到屋子里，十月里就会躲到人家的床底下了。这说明蟋蟀这种小昆虫很怕冷，天气一凉，它就逐渐从户外移到户内来生活了。所以，我们秋天里躺在床上还常常听见“嚶——嚶——嚶——”的叫声。

民间谚语说：“蟋蟀鸣，懒妇惊。”这是什么意思呢？原来，我国古代农村妇女在家中的主要工作之一，就是纺纱和织布，一个人一年要纺多少纱、织多少布，差不多都是有规定的。蟋蟀在秋天里一叫，妇女们就会立刻想到，秋天既到，转眼就是冬天了，就要检点一年的纺织成绩了，自然不得不加紧工作，所以蟋蟀一鸣，“懒妇”们便惊恐时光过得太快了。我们每个人，尤其是孩子，有时会在玩耍、嬉戏中忘了做功课，让时光白白从身边流走了，这时候，你是否也该想一想“蟋蟀鸣，懒妇惊”这句古老的谚语呢？

我国民间还有斗蟋蟀的游戏。蟋蟀这种小昆虫喜欢争斗。一个原因是雄蟋蟀为了抢夺雌蟋蟀做伴侣；另一个原因就是雄蟋蟀有一个怪脾气，它只愿意和雌蟋蟀住在一起，不愿意和同性的蟋蟀在一起生活。如果是两只雄蟋蟀碰到了一起，那就又有一场争斗了。人们认识了雄蟋蟀的这种脾性，便常拿它们斗着玩了。

在我居住的这座城市的高楼上，有时夜间侧耳倾听，似乎也能够听见蟋蟀这个“小提琴手”的美丽琴声。可是我从来没有找到过它。它是在和我玩捉迷藏吗？

那么，亲爱的蟋蟀，请原谅我奏不出那么美丽的琴声与你合鸣。我只能献上一首小小的诗歌，来表达我对你们这些大自然的“小提琴手”的真诚的感激：

小小乡村里长大的，
纯真的小歌手呵，
你躲藏在哪里？

你是不是我十二岁的时候，
趴在外婆家的窗户边，
静静地听过的那一只呢？
你是不是曾经躲在我的病床下，
轻轻地为我唱过歌的那一只呢？
告诉我，你是什么时候离开了乡村，
你是特意要和我居住在一起的吗？
小小的诚实的伙伴，
我寂寞时的知音呵，
你躲在哪里呢？

你忧伤的草哨般的歌声和琴声，
又使我深深地怀念起，
乡村的田野的气息了，
怀念起那金色的叶堆，
高高的麦垛和莹莹草叶，
和小小的白月光菊上的，
一滴滴沁凉的露水……

小小的伙伴，
你也怀念那里的一切吗？

夏夜里的小灯笼

*

小小的萤火虫，就像点点流光，在黑暗中闪闪烁烁。

小小的萤火虫，提着金色的小灯笼，在夏天的夜晚里轻轻飞舞。

在高高的草垛和谷堆上面；在开满扁豆花和打碗碗花的篱笆下；在井台四周的草丛里；在星星洗澡的池塘边……小小的萤火虫，就像点点流光，在黑暗中闪闪烁烁。

它们一会儿排成金色的长阵，一会儿又悄悄划出一道道金线和银线。它们也藏在老树桩后面，和孩子们一起玩捉迷藏的游戏。不过，当你快乐地追逐着它们，轻轻地把它们捧捉到小手里，正要仔细地观看时，突然，小小的萤火虫，又会一闪一闪地从你的指缝间溜走了……

小小的萤火虫，在深夜里，提着星星一样的小灯笼，给泥土下的蚯蚓们送去了小小的光明，送去轻轻的“晚安”和问候，也给草丛里的蟋蟀们，照亮了回家的小路。

小山村的课堂

*

辛勤的农民伯伯和牛儿们一起，正在田野上做什么作业？

小山村，是我们快乐的课堂和校园；小毛驴、小牛、小马和小鸟，都是我们的小伙伴。

我们的校园，在高高的大山下。来呀，小鸟、小毛驴、小牛和小马，来和我们一起快乐地玩耍。

校园的旁边，是一片又高又大的树林。咦，干净的雪地上，是谁踩下了一串串小脚印？

一群群小鸟叽叽喳喳，飞过了蓝色的小河。小鸟和小河，快快告诉我，你们在唱着什么歌？

绿色的田野，是一张大课桌。小鸟，小鸟，请你告诉我，辛勤的农民伯伯和牛儿们一起，正在田野上做什么作业？

高高的电线上，站着三只大鸟。那是不是鸟妈妈，在为小鸟站岗放哨？

厚厚的雪被子，盖住了每一栋房屋。猜猜看，在暖暖的屋子里，我们是在画画，还是大声唱歌？

咦，是谁在外面大声喧哗？原来是两只小乌鸦。小乌鸦，你是不是，也想飞进来暖和暖和？和我们一起画画、唱歌？

爷爷的饲养棚里，住着小毛驴、小牛和小马。喂，那匹最小的小红马，来呀，来和我一块儿玩一会儿吧！

爷爷的小木屋里，也是我的小小“课堂”。爷爷做的芝麻小饼，吃起来又甜又香。

大雪停下了，太阳爬上了树梢，小山村又变得热热闹闹。粉刷匠叔叔在粉刷墙壁，小牛犊跟着爸爸在田野上奔跑。夜晚到来了，大地静悄悄。月亮在小树林上空闪耀。

晚安啦，亲爱的小狐狸和小灰狼！请不要在外面吓唬小孩，听，妈妈在喊你们早点回家睡觉。

小江豚，不要怕

我们和小江豚们一样，都是长江的孩子……

有经验的渔民爷爷都知道，流经湖北石首、湖南岳阳一段的长江里，是美丽的江豚活动频繁的地方。当地人把江豚叫作“江猪”。

星期天一大早，乐乐和他的几个要好的同学，跟着长江天鹅洲白鱀豚自然保护区的叔叔，乘着一艘环境保护观测船，缓缓地行驶在飘着淡淡晨雾的江面上。

等到晨雾渐渐飘散了，金色的阳光洒在开阔的江面上，孩子们都睁大眼睛，紧张地盯着江面，开始寻找江豚的身影……

突然，远处的江面上溅起了几点耀眼的水花！

“快看，江豚来了……”

还是保护区的叔叔有经验，一眼就看到了远处的那些水花。

孩子们顿时都兴奋地望过去——果然，一群快乐的江豚，跃入了他们的视野里……

江豚们最喜欢在天气晴朗、阳光照耀的江面上戏耍啦！有时候也喜欢在美丽的朝霞或晚霞映照着江面的时候出来活动。

远远地望去，一群江豚络绎不绝地向前游动着，灰黑色的脊背时隐时现、此起彼伏。

这时候，江面上没有任何机械船的打扰，也没有撒网打鱼的渔民的踪影，所以，江豚们会拍打着宽大的尾鳍，互相追逐嬉闹，不时地激起一串串晶亮的水花……

更有意思的是，如果你仔细观察，还会看见，有一两头也许是刚出生不久的江豚宝宝，紧紧地伏在江豚妈妈的脊背上，随着妈妈一起一伏，好像在观摩和学习妈妈怎么游泳和戏水。

“你们注意观察中间那头稍大一点的江豚幼崽，”保护区的叔叔提醒孩子们说，“你们看它的动作……”

看上去，这头江豚幼崽好像有点儿顽皮，一会儿竟然拍打着水花，滑下妈妈的脊背，想要“独立行动”。这时候，细心的江豚妈妈就会立刻钻到宝宝身下，重新把顽皮的幼崽安全地驮到自己背上，和整个江豚群体一起继续前行……

“哇！江豚妈妈好细心啊！”

“是呀，要不怎么说，母爱是世界上最伟大的爱呢！”

孩子们一边观察着江豚们在江水里自由自在戏耍的景象，一边听保护区的叔叔给他们讲述长江江豚的科普知识。

原来，长江江豚已被列为国家一级保护动物。2013 年，江豚还进入了“世界自然保护联盟”的“红色名录”，也就是说，江豚已经被列为“极危物种”。1991 年，中国的科学家在长江、鄱阳湖等水面经过科学考察，发现长江江豚数量约为 2700 头；1997—1999 年再次科考表明，长江江豚数量只剩下大约 1000 头了。现在，估计长江江豚的数量就更少了。所以，科学家们早就发出了警告：如果再不善加保护，长江江豚的命运，也许就会像生活在长江里的另一种珍贵的鲸类动物、已被世界自然组织宣布为“功能性灭绝”的白鳘豚一样。白鳘豚的今天，也许就是长江江豚的明天。

“叔叔，请告诉我们，保护江豚，我们应该怎么做呢？我听爷爷讲过，以前，长江上有很多机械船和挖沙船来来往往，它们都对江豚造成过很大的伤害，有的江豚还被螺旋桨打烂了头部和身子……”乐乐说。

“乐乐同学说得对。”叔叔说，“还不只这些呢！过去那些年里，我们还经常在江水、湖水下面，发现一些偷偷捕捞的人，布置下的滚钩、锚钩，还有的家伙用土制炸弹、电网和渔叉野蛮捕捞呢！”

“叔叔，如果生活在江边的人，还有那些工厂，把污水直接排入江中，这些有污染的废水与垃圾，是不是也会危害江豚的生命呢？”有一个小朋友提问说。

“当然啦！甭说对江豚了，就是对其他的鱼类，也都是致命的威胁呢！”叔叔说，“所以呀，现在国家提出了‘共抓大保护，不搞大开发’的长江保护战略，就是因为看到了过去的长江是‘生病’了，而且‘病得不轻了’！”

“现在好了，现在所有人都晓得，要好好保护我们的母亲河长江了！”乐乐和同学们都高兴地拉起手说，“我们和小江豚们一样，都是长江的孩子，从今天起，我们也要成为保护长江、保护小江豚的志愿者！”

“对呀，保护长江，保护我们的母亲河，就从自己做起，从一点一滴的小事做起，比如，不乱扔垃圾，爱护长江边的一草一木，随时随地向人们宣传一些环境保护的科普小知识……”

这时，乐乐和同学们对着远处的江面，轻轻地呼喊道：“喂，小江豚，不要怕！你们听到了吗？你们都放心、快乐地生活在这里吧！没有谁再会伤害你们啦！美丽的长江，是我们的，也是你们的母亲河……”

牧鹤女孩

*

一代代孩子，也在用深情的歌声，感激和怀念着这位心地善良的牧鹤女孩……

有一首深情而忧伤的歌，讲述的是一个牧鹤小女孩的故事。她从小爱养丹顶鹤，在她大学毕业以后，她仍然回到了她童年时养鹤的地方。可是有一天，她为抢救一只受伤的丹顶鹤，滑进了沼泽地，就再也没有上来……这个小女孩的名字叫徐秀娟。

1990 年，著名作曲家解承强把牧鹤女孩徐秀娟的故事，谱写成了一首有名的歌曲《丹顶鹤的故事》。歌中唱道："走过那条小河，你可曾听说？有一位女孩，她曾经来过。走过这片芦苇坡，你可曾听说？有一位女孩，她留下一首歌……"

徐秀娟（1964—1987）是在黑龙江省齐齐哈尔市扎龙自然保护区的一个牧鹤人的家庭里长大的。

扎龙地区位于我国东北辽阔的松嫩平原上，是全国有名的丹顶鹤繁殖和生活的地方。每年春天，大批的丹顶鹤都飞到这片平原地区的芦苇丛里和沼泽地里生儿育女，自由地生活。人们把扎龙地区称为“丹顶鹤之乡”。为了保护丹顶鹤，国家很早就专门在那里建立了丹顶鹤自然保护区。

秀娟姐姐从 17 岁开始，就在扎龙国家自然保护区里，跟着父母亲驯养丹顶鹤。1986 年，她从东北林业大学进修结束后，应聘来到江苏的盐城自然保护区工作，担任盐城沿海滩涂湿地的驯鹤员，创建了江苏省第一个鹤类饲养场。

丹顶鹤喜欢成双成对地在沼泽、洼地、湖滨和河滩的浅水处自由自在地漫步、觅食。丹顶鹤站在沼泽地上睡觉时，常常单腿独立，把头埋在双翅之间。

丹顶鹤喜欢过集体生活。小丹顶鹤一般长到一周岁时，就会被父母赶出去，自己去独立地寻找伙伴，开始新的生活。那些一岁、两岁或三岁的小丹顶鹤，被父母赶出来后，很自然地聚集在一起，像一群要好的小学生一样，过起了快乐的集体生活。它们一起觅食、练习飞行，一起嬉戏和练声，看上去是那么认真、用功。

等长到五六岁时，它们身体的各方面都成熟了，便会离开群体去自由地“恋爱”“结婚”和“生儿育女”了。那时候，它们不再是小丹顶鹤了，而是丹顶鹤爸爸或丹顶鹤妈妈了。

徐秀娟十分喜爱丹顶鹤，可以说是“爱鹤如命”。她通过无数个日夜的仔细观察、饲养和护理，成功地完成了越冬丹顶鹤的孵化、饲养、驯养的试验，为丹顶鹤的人工孵化和饲养积累了许多宝贵的经验。

1987 年 9 月 15 日中午，她细心饲养的两只丹顶鹤，在笼子里不断地鸣叫。刚开始时，秀娟以为它们想出来游玩和戏水，就进去把它们抱出来放进了池塘里。结果，两只丹顶鹤玩得太开心了，竟然一前一后地挣脱绳子飞走了。

到了晚上，其中一只被秀娟姐姐找了回来，另一只却一直不见踪影。夜深了，寻找丹顶鹤的人一个个失望地回来了，准备先休息一夜，明天继续找。但是秀娟姐姐怎么也放心不下，等大家都睡下了，她就一个人摸黑钻进了密密的芦苇中，大声呼唤着那只丹顶鹤。可是，整整一夜，也没有找见那只丹顶鹤的影子。

第二天，秀娟姐姐牵挂着丹顶鹤，连饭都没有心思吃，就又出门寻找去了。结果，这位小姐姐不幸陷进了沼泽地里，再也没有回到她亲爱的鹤儿们身边……

几个小时之后，那只飞走的丹顶鹤被人们找到了，可是，草滩上再也看不见秀娟姐姐的身影了！

据说，第二天，村民们从水中打捞出徐秀娟的遗体时，那两只丹顶鹤，哀伤地徘徊在她的身边，不停地低下戴着红冠的头，用长长的尖喙整理着她湿淋淋的衣服……

“为何片片白云悄悄落泪？为何阵阵风儿轻轻诉说？还有一群丹顶鹤，轻轻地轻轻地飞过……”秀娟姐姐遇难后，人们从她写的观察日记里，看到了这样一些记录：

“春天最容易丢鹤”“鹤舍要打扫得干干净净”“我爱鹤，爱大自然，一走进荒野，一切不愉快的事儿都忘记了。我愿在茫茫荒原上寻找，寻找理想，寻找友谊，寻找生活的答案”“芦苇前半月就发芽了，现在白茅也发芽了。小鹤们可以飞得很远了……”

如今，牧鹤女孩徐秀娟的故事，还有音乐家为她谱写的那首《丹顶鹤的故事》，在中国已经家喻户晓了。一代代孩子，也在用深情的歌声，感激和怀念着这位心地善良的牧鹤女孩，感念她为中国的自然保护作出的贡献，甚至付出了生命的代价。

今天，如果你来到江苏盐城自然保护区，会看到一尊洁白无瑕的雕像：年轻俊秀的徐秀娟姐姐，正用双手亲昵地抚摸着聚拢在她身边的几只蓑羽洁白、头上有着美丽丹顶的白鹤，秀娟姐姐的眼里，满含着深深的爱惜，每一只丹顶鹤，也都是那样恋恋不舍。

老艄公和小湖长

＊

“爷爷，等我长大后，也要做一个守护我们母亲河的人！”

小水的爷爷是一位老艄公，多年来一直在长江边驶船、撒网捕鱼。春夏时节，江水上涨的时候，老艄公就在连通着长江的一些港汊和河湾里撒网打鱼。

随着国家对长江母亲河沿岸环境的保护和治理，为了一江碧水的清澈荡漾，当地政府把很多有经验的渔民组织起来，学习和掌握了不少生态环境保护的科普知识，还请来专家给他们培训，告诉他们应该怎样去守护长江，守护每一条支流和每一道港汊、河湾。

比如，看见任何白色塑料袋、塑料瓶子等垃圾物，都要捡拾起来，分类存放；看见有人偷偷采集河沙，要及时制止和报告有关部门；如果有人在江水和河湾里偷偷布置捕鱼的滚钩和“迷魂阵”，也要及时拆除或报告河湖长和管理部门……

什么是“迷魂阵”呢？就是把连着大片网片的几十根竹篙，

牢牢地插入湖水或河湾中，围住一片水域，只留出一个入口，围内再安放一些网兜。网片和网兜底下，还会坠上起固定作用的几十斤重的鹅卵石。还有更缺德的偷捕者，会在水下布置一些带有倒钩刺的滚钩。只要有猎物误闯进了“迷魂阵”，不管大小，都会有进无出。

在老艄公爷爷的心目中，“迷魂阵”从来就不是打鱼人的正经技能，而是一种竭泽而渔、大小通吃、“断子绝孙”的缺德勾当，是要不得的！所以，只要他发现和识别出了哪条河湾、港汊和哪片湖面上布了“迷魂阵”，他就会想方设法去通知镇上的管理人员，赶紧派人来拆除它们。特别是在禁渔期，如果有人还偷偷地在湖面、河湾布置“迷魂阵”，那就不仅仅是缺德的，而且还是违法的。

从此以后，许多像老艄公爷爷这样的老渔民，不再靠撒网捕鱼为生了，而是都有了一个“新职业”——老渔民们变成了守护我们的母亲河的“老卫士”。

“爷爷，等我长大后，也要做一个守护我们母亲河的人！”小水对爷爷说，“我要当一名河湖长，当一名像爷爷这样的江水卫士！”

“好哇，好哇，爷爷撒了一辈子网，打了一辈子鱼，没想到，今天又有了一个‘新职业’！哈哈哈……”

鲩子湖是坐落在武汉市汉口城区中心地带的一个有名的小湖泊。早在1931年武汉发大水时，这里因为是一片较深的洼地，积存了大量雨水，渐渐就演变成了一个湖塘，后来又变成了一个淡水人工湖。据说，这个湖里盛产野生的鲩子鱼（草鱼），所以得名“鲩子湖”。

鲩子湖面积不算太大，但因为处在城区中心，是市民们都喜欢去散步和游玩的休闲场所，所以，在汉口长大的一代代孩子，对鲩子湖都有亲切的童年记忆。

可是，前几年里，这个湖泊的水生态环境退化得厉害，鲩子湖水体的污染也比较严重。一些人在湖中喂养了大量的家鱼，供作休闲时垂钓娱乐。要喂养家鱼，就需要投放饲料，这样也自然会给湖水带来新的污染。再加上周边绿化较少，雨水直接入湖，也污染了水体。

有的小学生一走到这里，就会捂住鼻子说：“哎呀，这么浑浊的湖水！水草里散发出难闻的怪味儿！”

“是呀，连一只水鸟或者小螺蛳、小蝌蚪都看不见了！怎么办呢？”

不久的一天，离鲩子湖不远的一元路小学的广播站里，突然传出了这样的广播声：“各位老师，各位同学，大家早上好！一元路小学‘水润童心’广播站，现在开始播音。首先告诉大家一个好消息：为了彻底改变鲩子湖的生态环境，由‘绿色江城’环保组织发起的‘湖泊每月清洁日’公益活动，今天走进了鲩子湖。参与护湖活动的一元路小学的师生和家长们，共同见证了一个美好的时刻：每年3月22日的国际水日，正式定为我们学校的‘爱水节’。同时，一支由小学生们组成的小小‘水质监测队’也正式成立了……”

不久，一位被大家推选出来的鲩子湖的“老湖长”，带着几名“水质监测队”的小队员，开始了他们的护湖行动。

老湖长和孩子们的右臂上，都戴着“河湖长”字样的红色袖标。他们在湖边竖立起了一块明亮夺目的护湖广告牌，上面写着：保护环境，人人有责；小小湖长，重任在肩！

老湖长说：“嘿，这就叫‘大手牵起小手’，我们一起来保护鲩子湖。”一个小学生说：“我们是小小的水质检测队员，爱自己的校园，也爱自己的家园！”另一个小学生说：“对呀，我们要用实际行动，让鲩子湖的湖水变得更清，水草变得更绿，天空变得更蓝！”

这时候，还有两个小女孩——两名小小的女队员，举着喇叭筒，用清澈的嗓音，对前来散步和游玩的市民作起了宣传：

“我们都是一元路小学‘水文化宣讲团’的小团员，请爷爷奶奶、叔叔阿姨听一听我们讲述的水的故事、水的寓言……”

“每一滴水，都连着我们的生命，每一滴水，都连着我们的明天！”

老湖长听着孩子们的宣传，高兴地跷着大拇指为她们点赞，说：“伢子们，伢子们，你们讲得真好啊！我这个老湖长，率领我们的‘银发护湖队’，在鲩子湖边已经坚持多年了，真想不到，今天，我的事业也有了小小的接班人！哈哈哈……”

孩子们说：“湖长老爷爷，您就放心吧，鲩子湖边是我们一元路所有师生的家园，也是武汉市民共同的家园，我们一定会保护好它，让湖水变得更加清澈，让天空变得更加湛蓝！”

几个“小湖长”也赶忙跟着点赞说：“是呀，是呀！我们还要让小鸟们唱得更美，让小鸭子们游得更欢！”

老湖长说：“好哇，好哇，伢子们，有了你们的决定和行动，爷爷可放心、可放心啦！咦，你们看哪，谁来了？”

孩子们都踮着脚张望，惊喜地喊道：“哇，校长、老师也来了！”只见校长、老师和另外几个孩子，带着几面旗子走了过来。校长说：“老湖长好！同学们好！大家辛苦啦！我给你们带来一个喜讯，为了表彰我们一元路小学的孩子们为保护鲩子湖所付出的努力，江岸区环保局的领导们听到消息，特意授予了我们小小‘水质监测队’一面光荣的队旗！现在，请小湖长代表监测队接旗！”

“小湖长”自豪地接过队旗，高兴地挥动着。这时，校长又说道：“我还要向同学们报告一个喜讯，因为有了老湖长爷爷和‘银发护湖队’‘大手牵小手’的引领和示范，我们一元路小学的‘小小湖长班’也正式成立了！现在，请湖长爷爷为我们光荣的‘小小湖长班’授旗！”

老湖长爷爷高兴地向孩子们授了班旗。一个小队员代表接过旗子，自豪地挥动着……

虫声相伴的童年

美丽的大自然是每一个小朋友的“绿色课堂”。

在著名儿童小说《海蒂》里，小女孩海蒂跟着她的爷爷住在阿尔卑斯山上的小木屋里。小海蒂的爷爷勤劳善良，却又有些古怪和固执，当山下的人们劝他把小海蒂送去上学时，他却固执地说：“不！我可不想送她去上学。”这位老爷爷有一个朴素的“教育观”就是：小海蒂是和阿尔卑斯山上的小羊、小鸟、小虫子一起长大的，与它们相伴是一件幸福的事，况且小羊、小鸟和虫子是不会教她做坏事儿的。

我这样说，倒不是想要所有的小孩子都不要去上学念书。不是的，小孩子去上学念书是必须的。我只是希望，今天的小孩子都能够时常从作业、玩具、电子游戏、动画片里走出来，多去亲近一下绿色的大自然，多去认识几种花草和昆虫，能准确地叫出更多的小鸟、昆虫和绿色植物的名字。这也是两千多年前，我国古代的大教育家孔子说过的，小孩子在读书的同时，还应该“多识草木鸟兽之名”。

美丽的大自然是每一个小朋友的“绿色课堂”。家长在陪伴着小孩子亲子阅读时，不正像带着小孩子在美丽的花园里和草地上散步一样吗？小孩子在轻松、快乐和好奇中，获得了对大自然的认识和好感，享受了大自然带给他们的有树荫、花香、鸟啾、虫鸣相伴的童年。这是多么幸福、快乐和美好的事情！

大自然是属于每一个人的，我们不要去伤害它、破坏它，也不要去疏远它和冷落它，而应该像善待我们的生命一样去善待它、珍视它。年轻的家长们也都应该拿出更多一点时间，陪伴孩子去绿色的草地上散散步，到美丽的植物园里去多认识几种野花、野草和小甲虫，或者，引导小孩子多阅读一些有关大自然，有关花草树木和小鸟、昆虫的书，这样不仅能为孩子们营造出一个“绿色童年”，也能够让他们真正享受到一个“绿色童年”。

大海丢失的耳朵

*

美丽的海螺就像一个遥远而又美丽的梦，引我回到了童年的大海边……

我在清晨的海边散步时，捡到了一只空空的、精巧的海螺。美丽的海螺，就像是大海丢失的一只耳朵。当我把自己的耳朵贴近这只“耳朵”时，我真的听到了一片“嗡嗡嗡”的声音，好像听到了海浪的喧哗一样。

我把这只精美的海螺带回了书房。我仔细地端详着它。海螺真像是一个出色的建筑家，螺壳就是它为自己精心设计和建造的一间巧妙的“单身住房”。这间住房又小又轻，背在自己的身上也可以四处移动，十分方便。海螺壳的结构也非常巧妙，分内、中、外三层。外层是用薄薄的彩色角质层做壳面的，看上去就像刷了一层很有光泽的高级涂料；中层最厚，看上去也很牢固；内层很薄、很滑，加工得特别光洁，因为这层薄壳紧挨着主人柔嫩的肉体。

我特意查看了一本讲述海洋动物生活的科普书，从书中得知，有些海螺在足的后端还长着一个钙质的壳盖，好像一扇大门，当它们遇到不速之客的侵扰时，就会缩回自己柔软的身体，紧紧地关上门，让对方吃一个“闭门羹”。海螺死后，这一间精美、坚固又轻便的“单身住房”，往往会成为寄居蟹的“旅舍”。寄居蟹是海螺壳的长期占有者。

那么，为什么空空的海螺壳里会发出“嗡嗡嗡”的声音呢？道理其实也很简单。我们可以用玻璃杯来做个试验：把耳朵贴在杯口，紧紧压住，也能听到里面有“嗡——”的声音。原来，当你的耳朵贴近杯口时，已经把外面的一些空气和声响带进了深口杯中，它们在里面冲撞杯子内壁，发出的回声便是“嗡——”的声音。这些声音其实并不是杯子本身具有的。空螺壳能发出响声也是这个道理。

一遍遍地端详着这只精美的海螺，我想起很多年前在外婆的家里，在那个临近大海的小渔村里，所度过的童年时光。美丽的海螺就像一个遥远而又美丽的梦，引我回到了童年的大海边……

我记得，那时我还有过一只金色的螺号。那是外婆从海边为我捡回来的。外婆还给它系上了一个红色的绸穗子。如今，我远远地离开了大海和家乡。我最亲爱的外婆，也已长眠在遥远的大海边了。现在回想起来，那螺号的声音，仍然回响在我的耳边。我知道，那声音里也有我对外婆和大海的深深的怀念。

银亮的小鱼

*

生命，是这个世界上最宝贵的东西……

在暴风雨过后的一个早晨，有一位叔叔来到海边散步。

他看到，在沙滩上的浅水洼里，有许多银亮的小鱼儿在跳动。

这些小鱼儿是被昨夜的暴风雨卷上岸来的，现在被困在浅水洼里，回不了大海了。不用说，过不了多久，浅水洼里的水就会被沙粒吸干，被太阳晒得蒸发掉。那时，这些小鱼儿都会渴死的。

这位叔叔继续沿着海边往前走着。突然，他看见前面有一个小男孩，走得很慢，而且不停地在每一个小水洼前弯下腰去。原来，小男孩是在捡起小水洼里的小鱼儿，一条条地把它们扔回了大海。

“小朋友，这些小水洼里可能有成百上千条小鱼儿，你救不过来的。”叔叔叹息着说。

“我知道。”小男孩头也不抬地回答着，只顾着一个劲儿地救那些小鱼。

“哦，那你为什么还在扔啊，谁在乎呢？”叔叔说。

“这些小鱼儿在乎啊！”小男孩一边回答，一边拾起一条又一条小鱼，用力地把它们扔回大海。他说：“这条小鱼在乎，这条小鱼也在乎，还有这一条、这一条、这一条……”

顿时，叔叔被感动了。他也和小男孩一起，开始弯腰捧起那些银亮的小鱼儿，一条一条地把它们送回大海里……

我不记得是在哪一本书上，看到了上面的这则小故事，总是难忘。请记住吧，生命，是这个世界上最宝贵的东西；爱心，也是这个世界永远需要的东西。无论对人类还是对那些需要帮助的小动物，都是一样。那些银亮的小鱼儿不会说话，但是它们也是一个个鲜活的生命，也是美丽和辽阔的大海妈妈怀抱里的孩子，需要得到保护和敬畏。

小鱼们的呼吸和跳跃，也是我们这个世界的呼吸和跳跃的一部分。只要每个人多献出自己的一点点关怀和爱心，我们所生活的家园就多了一份温暖，弱小的生命就多了一份保障，美丽的海洋，就多了一份和谐与美丽。

哭泣的昆虫

我好像听到了，那些小小的昆虫正在田野上哭泣。

小时候的我，怎么会那么馋啊？

夏天到了，田野里的蚂蚱、蝈蝈、蝗虫、螳螂……都长大了，我就经常趁着去田野割草、挖野菜、捡麦穗的时候，捕捉这些长得肥肥的昆虫，有时候等不到带回家来，就在田野里点上一把火烧着吃掉了。烧昆虫的香味，现在想起来还那么诱人。

仔细想一想，我小时候吃过的昆虫种类真多啊！除了前面说到的蚂蚱、蝈蝈、螳螂等，还有另外一些昆虫。

夏天的雨后，尤其是黄昏的时候，在大树底下的湿地上，我挖过正准备爬上大树的蝉的幼虫，然后回家烧熟了吃。春天的夜晚，我会提着小桶，去村外路边的小树上寻找一种金甲虫。有时候，那种甲虫会密密麻麻地聚集在一棵棵小杨树上，使劲一摇小树，甲虫就“吧嗒吧嗒”地落满地面，像下了一层黑色的小冰雹一样。不一会儿，我就可以捉到满满一小桶金甲虫，回家让妈妈放上一点油、盐炸了吃，也很香。

秋天里，等到大豆收获完了，我会去大豆地里寻找和挖掘一种肥胖的“豆虫”的虫蛹。当“豆虫”还是虫子的时候，它是绿色的，喜欢伏在大豆叶上，靠吃豆叶和豆茎生存。等到大豆成熟了，收获的季节快要到了，原本绿色的豆叶也变得枯黄了，这时候，豆虫也会悄悄地爬下豆秸，钻到了豆棵附近的泥土下，肥胖的身子也由绿色变成了土黄色，然后渐渐变成了一个肥胖的虫蛹。豆虫的虫蛹里有很多的“膏黄”，用火烧熟了吃，非常香。

现在想来，我小时候因为馋，吃过多少可怜的昆虫啊！我为什么会那么馋呢？只有一个原因，就是那时的日子太穷、太苦了，正是长身体的时候，却没有吃的东西，天天感到肚子饿啊！

除了吃过那么多的昆虫，小时候，我们这些乡村小孩，还恶作剧地虐待过一些小昆虫。例如，夏天的马齿苋开花了，我们一旦捉到了大知了，就会用两片小小的马齿苋花瓣，扣在知了的两只眼睛上（马齿苋花瓣套大知了的眼睛正合适），然后一撒手，知了就拼命地往天空里飞……

现在想来，这样对知了也实在是太残酷了！知了又没招你惹你，干吗要这样虐待它们！现在我很后悔，小时候竟然做过这样的恶作剧。

一生热爱昆虫、观察昆虫，并且用文字为那些小小的昆虫鸣过不平的法国生物学家、《昆虫记》的作者法布尔，是我很敬仰的一个人，他的生平事迹深深地感动过我，我为他写过一篇长长的散文《哭泣的昆虫》。现在，想到自己小时候吃过的昆虫和曾经虐待过的昆虫，我好像听到了，那些小小的昆虫正在田野上哭泣。

小麋鹿要回家

*

小麋鹿，让我送你回家吧，送你回到妈妈温暖的怀抱中。

一只可爱的小麋鹿，瞪着忧伤的眼睛，站在城市的公园里，使劲儿地把脖子伸向栅栏上空。

它好像是在寻找，哪里有青青的山谷和清澈的小溪的踪影；又像是在倾听，哪里有妈妈“呦呦”的呼唤声。

公园里热热闹闹，小麋鹿却那么孤独和冷清，就像一个孩子，迷失了回家的路，也听不见妈妈和小伙伴的呼唤声。

小麋鹿，美丽的小麋鹿，瞪着黑葡萄一样明亮的眼睛，你在跟谁说话吗？

你的家在哪里？是在翠绿的神农架森林里，还是在高高的大山中？你来自美丽的清江边，还是长江边的芦苇丛？

小麋鹿，让我送你回家吧，送你回到妈妈温暖的怀抱中。不要怕，小麋鹿，只要有我们在你身边，没有谁会伤害你的！这是我们共同的家园，我们的爱，就是你绿色的小树林，也是你永远晴朗的天空。

把小蚂蚁送回泥土里

*

从让孩子伸出一枝小小的草茎，把一只小蚂蚁送回泥土里开始。

在英国的一所小学里，我看见过这样的一幕：一位年轻的女老师，正在绿色的操场上，给孩子们上自然和生命教育课。

老师指着一群正在搬家的小蚂蚁说：“蚂蚁，是一种非常古老的动物，一亿多年前就存在了，并且它们总是成群活动，十分注重团队协作，上万只小蚂蚁，也能够亲如一家。因此，我们不能随意残害它们……”

“可是，如果它损害家中的物品，该怎么办呢？”一个孩子提出了他的疑问。

另一个孩子马上回答说：“把小蚂蚁放回泥土里。”

老师说：“好极了！只要把一两只小蚂蚁放回花园、草地上，它就会迅速通知同伴，哪里会有危险，其他蚂蚁很快就会从家中撤离了……”

喜爱小动物是孩子们的天性。因此，以爱护和尊重小动物的生命为切入口，引导孩子去认识生命、珍爱生命，是英国幼儿园和小学里普遍采取的方式。

英国一些野生动物保护组织或救护中心，也经常跟中小学合作，经常组织学生参观他们收容和救治的受伤的、遭到遗弃的小动物。因为这样的教育，家长也会有意配合学校，教导孩子去认识、理解生命的高贵价值和意义。

我也曾经听一位儿童心理学家讲述过这样一个小故事：一位细心的妈妈，带着她六岁的女儿去农场游玩，正巧有一头猪妈妈在生产。小女孩第一次见到这种场景，十分激动，就一个劲儿地问这问那。这时，妈妈赶紧把她带到了一边，蹲下来轻声说："宝贝，你现在情绪比较激动，我们应该先走开一会儿，才是对的。"

"为什么呢？我第一次看到猪妈妈生宝宝呀！"孩子不解。

妈妈告诉女儿说："因为猪妈妈现在需要安静，我们应该尊重她和保护她。"

小女孩若有所思地点了点头，比画了一个"嘘"的动作，然后牵着妈妈悄悄离开了。

生命是美丽和宝贵的。敬重生命，珍惜生命，是人类生存和社会延续的前提，也是当下的自然课和生命教育课中的一个重要课题。我希望，每一个孩子对大自然的认识，对生命的爱护、理解和尊重，就从身边的小动物做起，从让孩子伸出一枝小小的草茎，把一只小蚂蚁送回泥土里开始。